KB129813

한 여자

한 여자

아니 에르노 지음   정혜용 옮김

이 책은 실로 꿰매어 제본하는 정통적인 사철 방식으로 만들어졌습니다.
사철 방식으로 제본된 책은 오랫동안 보관해도 손상되지 않습니다.

모순이란 관념은 생각해 낼 수 없는 것이라고

주장하는 것은 잘못이다.

모순은 바로 생명체의 고통 속에

실제로 존재하기 때문이다.

── 헤겔

어머니가 4월 7일 월요일에 돌아가셨다. 퐁투아즈 병원에서 운영하는 노인 요양원에 들어간 지 두 해째였다. 간호사가 전화로 알려 왔다. 「모친께서 오늘 아침, 식사를 마치고 운명하셨습니다.」 10시쯤이었다.

어머니가 머물던 방의 문이 처음으로 닫혀 있었다. 이미 염을 마친 상태여서, 깨끗이 씻긴 뒤 흰색 염포가 턱 밑으로 지나가게 머리를 감아 놓았고, 그 바람에 피부가 전부 입과 눈 주위로 몰려 있었다. 어깨까지 시트로 덮여 있어서 두 손이 보이지 않았다. 그 모습이 작은 미라와 흡사했다. 생전에 무턱대고 일어나는 것을 막는 데 쓰였던 막대기들이 침대 양옆에 놓여 있었다. 나는 어머니가 전에 수의로 사뒀던, 단에 장식 술이 달린 흰색 내리닫이 잠옷을 입혀 드리려고 했다. 간호사가 청소부 아주머니 한 분이 그 일을 해줄 테고, 침대맡 테이블 서랍에 들어 있는 십자가 또한 그 위에 놓아 드릴 거라고 말했다. 구리 재질의 두 팔을 십자가에 고정하는 못 두 개가 사라진 상태였다. 간호사는 그 못들을 찾아낼 수 있을지 자신하지 못했다. 그건 중요하지 않았고, 그저 나는 가슴 위에 십자가를 올려놓고 싶었다. 바퀴 달린 테이블 위에는 내가 전날 들고 왔던 개나리가 놓여 있었다. 간호사가 어서 병원의 호적 담당과에 다녀오라고 권했다. 그동안 어머니의 개인 소지품 목록을 작성하게 된다. 어머니는 이제 가진 것이 거의 없어서, 정장 한 벌, 푸른색 여름 구두 한 켤레, 전기면도기 하나가 전부였다. 어떤 여자가 소리를 질러 대기 시작했는데, 몇 달 전부터 늘 그래 오던 여자였다. 나는 그 여자는 아직 살아 있는데 내 어머니는 죽었다는 것이 이해되지 않았다.

호적 담당과에 가니, 젊은 여자가 무엇 때문인지 물었다. 「어머니가 오늘 아침에 사망하셨어요.」 「병원인가요, 아니면 요양원인가요? 성함은요?」 여자는 종이 한 장을 바라보더니 살짝 웃음을 띠었다. 이미 알고 있었던 것이다. 그 여자는 어머니의 서류를 찾아오더니 내게 어머니와 관련된 몇 가지 질문을 했다. 출생지, 장기 요양원에 들어오기 전의 마지막 주소. 그러한 정보들이 서류에 적혀 있는 모양이었다.

방에 돌아가니, 침대맡 테이블 위에 어머니의 소지품이 담긴 비닐 가방이 놓여 있었다. 간호사는 내게 소지품 목록을 정리한 서류를 내밀고 서명을 부탁했다. 나는 어머니가 전에 아버지와 함께 리지외 성지를 순례할 때 구입했던 작은 성상 하나와 안느시의 추억이 담긴 작은 굴뚝 소제부상만 챙겼다. 어머니가 이곳에서 소유했던 옷과 물품을 가져가고 싶은 마음이 더는 없었다. 사망 후 두 시간은 의료 센터에서 시신을 보존하고 있어야 한다는 규정이 있지만, 이제 내가 왔으니 꼬박 두 시간을 기다리지 않아도 어머니를 병원 영안실로 옮길 수 있었다. 영안실로 가는 길에 어머니와 한 방을 썼던 부인이 통유리가 달린 직원실에서 대기하고 있는 모습이 보였다. 그 부인은 핸드백을 지니고 앉아 있었다. 요양원에서 어머니를 영안실로 옮길 때까지 그곳에서 기다리게 한 거였다.

전남편이 장의사에게 함께 가주었다. 조화 진열대 뒤로 의자 몇 개와 잡지가 놓인 나지막한 테이블이 하나 있었다. 직원이 우리를 사무실로 데려가더니 사망일, 장지, 미사 여부 등을 물었다. 그는 커다란 명세서에 전부 다 기재했고, 가끔씩 계산기를 두들겼다. 그는 우리를 창문이 나 있지 않은 컴컴한 방으로 데려가더니 불을 밝혔다. 10여 개에 달하는 관이 벽에 기대어 놓여 있었다. 직원이 설명을 덧붙였다. 「이 가격들은 전부 세금 포함입니다.」 관 세 개는 내부의 누빔 천 색상을 고르라고 열어 놓았다. 나는 떡갈나무 관을 골랐는데 어머니가 좋아하는 나무였고, 그녀가 새로 사야 할 가구 앞에서 늘 떡갈나무 재질인지 아닌지 알고 싶어 했기 때문이었다. 전남편이 누빔 천 색으로 보랏빛이 도는 장밋빛을 권했다. 그는 종종 어머니가 그

색깔의 블라우스를 입었다는 사실을 기억해 내고 자랑스러워했다. 아니 행복해하다시피 했다. 나는 직원에게 수표를 끊어 줬다. 생화를 제공하는 것만 제외하면 그들이 모든 것을 도맡아 해줬다. 정오쯤 집으로 돌아가서 전남편과 포르토를 마셨다. 머리와 배가 아파 오기 시작했다.

5시쯤 병원에 전화해서 아들 둘을 데리고 영안실에 안치된 어머니를 보는 일이 가능한지 물었다. 전화를 받은 안내계 직원이 지금은 너무 늦었다고, 영안실은 4시 반에 문을 닫는다고 대답해 줬다. 혼자 차를 타고 병원 근처의 신시가지로 나가서 월요일에 문을 여는 꽃 가게를 찾아보았다. 나는 흰 백합을 원했지만 꽃 가게 여자가 백합은 아이들에게나, 엄격하게 따지자면 소녀들에게나 사용한다며 권하지 않았다.

매장은 수요일에 이루어졌다. 아들 둘과 전남편을 데리고 병원에 도착했다. 영안실 가는 길을 가리키는 화살표가 없어서 길을 잃고 헤매다가 영안실을 발견했다. 벌판이 시작되는 곳에 단층짜리 콘크리트 건물이 서 있었다. 흰색의 작업복 상의를 걸친 직원이 전화를 하고 있다가 우리에게 복도에 앉아 있으라는 손짓을 했다. 우리는 벽을 따라 줄지어 놓인 의자에 앉아서 기다렸다. 맞은편 화장실 문이 활짝 열려 있었다. 나는 한 번 더 어머니를 보고 싶었고, 가방 안에 넣어 온 꽃 핀 마르멜로 가지 두 개를 가슴에 올려놓아 주고 싶었다. 우리는 관을 닫기 전에 마지막으로 어머니를 볼 수 있는 기회가 주어지는지 아닌지 알지 못했다. 장의사를 찾아갔을 때 우리를 맞았던 그 직원이 옆방에서 나왔고, 우리에게 따라오기를 정중히 청했다. 어머니는 관에 안치된 상태였고, 고개가 젖혀지고 손은 십자가 위에 모여 있었다. 머리를 싸맸던 염포를 벗겨 내고, 장식 술이 달린 잠옷을 입혀 놓았다. 새틴 덮개를 가슴까지 올려놓은 상태였다. 그곳은 콘크리트로 된 헐벗은 커다란 방이었다. 한 줌의 빛이 어디에서부터 흘러들어 왔는지는 모른다.

직원이 방문이 끝났다고 알려 줬고, 우리를 다시 복도로 데리고 갔다. 그가 우리를 어머니 앞으로 데리고 갔던 건, 장례 회사에서 제공하는 서비스가 양질의 것

임을 확인하라는 목적에서였던 것 같았다. 우리는 신
시가지를 가로질러 문화 센터 옆에 지어 놓은 성당까
지 갔다. 영구차가 도착하지 않아서 성당 앞에서 기다
렸다. 마주 보이는 슈퍼마켓 정면에 〈돈, 상품, 국가는
인종 차별의 삼대 지주〉라고 타르로 적혀 있었다. 사
제 한 명이 다가왔다. 아주 상냥했다. 그가 물었다. 「어
머니신가요?」 아이들에게는 학업은 계속하는지, 어느
대학인지 물었다.

　제단 앞에는 붉은색 벨벳으로 가장자리를 댄 텅 빈
소형 침대 같은 것이 시멘트를 발라 놓은 맨바닥에 놓
여 있었다. 조금 뒤 장례 회사 인부들이 어머니의 관
을 그 위에 올려놓았다. 사제가 녹음기에 파이프 오르
간 음악 카세트를 집어넣었다. 미사에 참석한 사람은
우리뿐이었는데, 이곳에는 어머니를 알고 있는 사람
이 아무도 없었다. 사제는 〈영생〉과 〈우리 자매님의
부활〉에 대해 이야기하고 성가를 불렀다. 나는 그것
이 영원히 계속되기를, 몸짓이든 노래든 어머니를 위
해 여전히 뭔가를 해주기를 바랐던 것 같다. 다시 파
이프 오르간 음악이 흘러나왔고, 사제는 관 양옆에 놓

13

인 촛불들을 껐다.

곧 영구차가 노르망디의 이브토로 출발했다. 어머니는 그곳에 매장된 아버지 곁에 묻히기로 되어 있었다. 나는 내 자동차로 아이들을 데리고 따라갔다. 가는 내내 비가 내렸고, 바람이 휘몰아쳤다. 사내아이들이 미사에 대해 물어 왔다. 전에 그런 걸 본 적이 없어서 의식이 진행되는 동안 어떻게 행동해야 하는지 몰랐기 때문이었다.

이브토에서는 친인척들이 묘지 입구 철책 가까이에 몰려 있었다. 사촌 중 하나가 저 멀리서 내게 소리를 질렀다. 「날씨도 참. 11월인 줄 알겠어!」 말없이 우리가 다가오는 것을 바라만 보면서 가만히 있고 싶지 않은 거였다. 우리는 다함께 아버지의 무덤을 향해 걸음을 옮겼다. 무덤은 열려 있었고, 던져 놓은 흙들이 양쪽에 황갈색 작은 산을 이루고 있었다. 사람들이 어머니의 관을 옮겨 왔다. 밧줄에 엮인 관이 구덩이 위에 자리 잡는 순간, 인부들이 길게 판 구덩이 내벽을 따라서 관이 제대로 내려가는지 보라고 나를 불렀다. 묘지 인부가 삽을 들고 몇 미터쯤 떨어진 곳에서 기다리고 있었다. 그는 푸른색 작업복과 베레모, 장화 차림이었고 얼굴에 보랏빛이 돌았다. 나는 그에게 말을 걸고 싶었고, 백 프랑을 주면 그걸로 술을 마시러 가겠거니 생각하면서도 수고비를 주고 싶었다. 그가 술을 마시든 말든 그건 중요하지 않았다. 오히려 오후 내내 관을 흙으로 덮으며 마지막으로 어머니를 돌볼 사람이 그였기에, 그 작업을 하면서 그가 즐거움을 느껴야만 했다.

친척들은 내가 식사를 하지 않고 그냥 떠나기를 원하지 않았다. 어머니의 여동생이 장례식 뒤 식사 자리를 레스토랑에 미리 마련해 뒀다. 나는 남았다. 그것 또한 내가 어머니를 위해 아직 할 수 있는 일 같았다. 음식이 늦게 나오는 통에 우리는 직장과 아이들에 관해, 가끔은 어머니에 관해 이야기를 나눴다. 사람들은 내게 말했다. 「그런 상태로 여러 해를 사신다는 게 무슨 의미가 있나.」 모두에게, 어머니가 돌아가신 것이 더 나았다. 그건 나로서는 이해가 되지 않는 하나의 문장, 하나의 확신이었다. 나는 저녁때 파리 외곽 지역으로 돌아왔다. 모든 것이 정말로 끝났다.

　그 주 내내 아무 데서고 눈물을 흘리는 일이 벌어졌다. 잠에서 깨어나다가 어머니가 죽었다는 것을 기억해 내곤 했다. 어머니가 꿈에 나왔고, 죽었다는 것을 빼면, 아무것도 기억나지 않는 무거운 꿈에서 빠져나오기도 여러 번이었다. 생활에 필요한 일들 말고는 아무것도 하지 못했다. 장보기, 식사, 세탁기로 빨래 돌리기. 종종 어떤 순서로 그 일들을 해야 하는지 잊어버렸고, 야채 껍질을 벗기고 나서 그다음 동작을 연달아 하지 못하고 가만히 있다가는, 한참 애써 생각을 해보고 나서야 물에 씻었다. 책 읽기가 불가능했다. 한번은 지하실에 내려갔는데 어머니의 여행 가방이 거기 있었다. 가방 안에는 어머니의 지갑과 여름 가방, 스카프들이 들어 있었다. 나는 입을 벌린 가방 앞에서 완전히 무너지고 말았다. 내가 가장 힘들 때는 밖에, 시내에 있을 때였다. 차를 몰다가 퍼뜩 이런 생각을 하기 일쑤였다. 〈어머니는 이제 다시는 이 세상 그 어느 곳에도 존재하지 않아.〉 사람들의 습관적인 행동 방식이 더 이상 이해가 가지 않았고, 그들이 정육점에서 자잘한 신경을 써가며 이런저런 부위를 고르는 모습을 보면 끔찍스럽다는 느낌이 들었다.

그러한 상태가 차츰차츰 사라져 가고 있다. 어머니가 아직 살아 계실 때인 이달 초에 그랬듯, 날이 춥고 비가 오면 여전히 만족스러움. 그리고, 〈이젠 더 이상 그래 봐야 소용없구나〉 혹은 〈더 이상 그럴 필요가 없구나〉(어머니를 위한 이런저런 일)를 확인할 때마다 밀려드는 공허한 순간들. 어머니가 보지 못할 첫 번째 봄이라는 생각이 자아내는 빈틈. (이제는 평범한 문장들, 심지어 진부한 표현들에 담긴 힘이 느껴짐.)

내일이면 매장한 지 3주가 된다. 그제야 나는 두려움을 극복하고, 백지 윗부분에 누군가에게 보내는 편지가 아닌 책의 첫머리로 〈어머니가 돌아가셨다〉를 쓸 수 있었다. 또한 어머니의 사진들을 바라볼 수 있었다. 센 강가에서 찍은 사진 하나에서는 어머니가 다리를 구부리고 앉아 있다. 흑백사진이지만 어머니의 다갈색 머리카락과 검은색 알파카로 지은 정장의 광채가 보이는 것만 같다.

나는 어머니에 관한 글을 계속 써나가겠다. 어머니는 내게 진정 중요했던 유일한 여자이고, 2년 전부터는 치매 환자였다. 기억의 분석을 보다 쉽게 해줄 시간적 거리를 확보하자면, 아버지의 죽음과 남편과의 헤어짐이 그랬듯 어머니의 병과 죽음이 내 삶의 지나간 흐름 속으로 녹아들 때를 기다리는 게 더 나을지도 모르겠다. 하지만 나는 지금 이 순간 다른 것은 할 수가 없다.

이것은 쉽지 않은 시도이다. 내게 어머니는 이야깃거리를 가지고 있지 않다. 어머니는 늘 거기 있었다. 어머니에 대한 이야기를 여는 첫 행위는 시간의 관념에서 벗어난 이미지들 속에 어머니를 고정시키는 것 —
〈어머니는 난폭했다〉, 〈어머니는 전부를 다 불사른 여
자였다〉. 그리고, 어머니가 등장하는 장면들을 뒤죽박
죽 떠올리는 것. 그렇게 해서 내가 되찾게 되는 것은
내 상상이 만들어 낸 여자, 며칠 전부터 내 꿈속에 나
타나, 스릴러 영화에서처럼 팽팽한 긴장 속에서 다시
한 번 삶을 사는 나이 불명의 여자와 동일한 그 여자
일 뿐이다. 또 내가 붙들고 싶은 여자는 나와 무관하
게 독자적으로 존재했던 여자, 노르망디의 소도시 촌
구석에서 태어나 파리 외곽 지역의 병원에서 운영하는
노인병 전문 의료 센터에서 죽음을 맞이한 실제의 그
여자이기도 하다. 보다 정확히는, 내가 쓰려고 하는 것
은 가족적인 것과 사회적인 것의 접점에, 신화와 역사
의 접점에 위치하리라. 나의 계획은 문학적인 성격을
띤다. 말들을 통해서만 가닿을 수 있는 내 어머니에 대
한 진실을 찾아 나서는 것이기 때문이다. (다시 말해,
사진들도, 나의 기억도, 가족들의 증언도, 내게 진실을
가져다주지 못한다.) 하지만 어떤 식으로든 문학보다
아래 층위에 머무르길 바란다.

이브토는 루앙과 르아브르 사이의 바람 부는 고원
에 세워진 추운 도시이다. 그곳은 금세기 초만 해도, 대
지주들이 장악한 순수 농업 지역에서 상업과 행정의
중심지였다. 농가의 짐수레꾼이었던 외할아버지와 집
에서 직물을 짜던 외할머니는 결혼하고 나서 몇 년 뒤
그곳에 정착했다. 그들은 둘 다 3킬로미터 떨어진 옆
마을 출신이었다. 그들은 역 근처 카페들이 드문드문
해지는 곳과 유채 밭이 시작되는 곳 사이, 철길 건너편
외곽의 경계가 불분명한 시골 지역에 안마당이 있는 작
은 단층집을 빌렸다. 나의 어머니는 그곳에서 1906년,
여섯 아이 중 넷째로 태어났다. (「나는 시골에서 태어
나지 않았단다.」 그 말을 할 때 내비치던 자부심.)

그들 중 넷은 평생 이브토를 떠나지 않았고, 어머니
는 그곳에서 평생의 4분의 3을 보냈다. 그들은 중심가

가까운 곳으로 옮겨 갔지만, 중심가에서 살았던 적은 단 한 번도 없었다. 미사를 보고 고기를 사고 우편환을 부치려면 〈시내로 나갔다〉. 이제 내 사촌은 시내 한가운데에 집을 가지고 있고, 밤낮으로 트럭들이 오가는 15번 국도가 그곳을 가로지른다. 사촌은 고양이가 트럭에 치일까 봐 나가지 못하게 수면제를 먹인다. 어머니가 어린 시절을 보냈던 지역은 조용하고 주택들이 고풍스러워서, 지금은 고소득자들이 많이 찾는다.

외할머니의 말은 곧 법이었고, 외할머니는 고함과 매질을 통해 자식들 〈훈육〉에 힘쓰셨다. 일에 있어서는 억척스럽고, 사귀기 쉽지 않은 데다가, 신문 연재소설 읽는 것 말고는 휴식을 모르는 여자였다. 외할머니는 말[言]들을 다룰 줄 알았고 초등 교육을 일등으로 수료했으니, 교사가 될 수도 있었을 것이다. 그녀의 부모가 딸이 마을을 떠나는 것을 허락하지 않았다. 가족에게서 멀어지는 것이 불행의 근원이라는 그 당시의 확신. (노르망디 사투리로, 〈야망〉은 이별의 고통을 의미하고, 심지어 개도 그러한 고통, 〈야망〉 때문에 목숨을 잃을 수 있다.) 또한, 열한 살에 종결되고

만 그 이야기를 이해하려면 〈그 시절에는〉으로 시작
되는 그 모든 문장들을 기억해 내야 함 — 그 시절에
는 지금처럼 학교에 가지 않았다, 당시 사람들은 부모
말을 잘 들었다, 등등.

그녀는 살림을 알뜰하게 살았다. 그러니까 최소한
의 돈으로 가족들을 먹이고 입혔고, 미사를 보러 가면
구멍도 나지 않고 더럽지도 않은 옷을 입힌 아이들을
나란히 앉혀 놓았고, 그럼으로써 시골뜨기라는 느낌
을 갖지 않고 살아가게 해주는 자존감을 추슬렀다.
그녀는 셔츠의 목과 소매 깃을 뒤집어서 한 번 더 사
용했다. 버리는 것이 하나도 없어서, 우유 위에 뜨는
막과 굳은 빵으로는 케이크를 만들었고, 장작을 때고
남은 재로는 빨래를 했고, 프라이팬에 남은 열로는 자
두나 행주를 말렸고, 아침에 사용한 세숫물은 그날 손
을 씻는 데 사용했다. 가난을 덜어 주는 그 모든 행위
들을 앎. 여러 세기에 걸쳐 어머니에게서 딸에게로 전
해 오는 그 지식이 내게 와서 멈춘다. 나는 관련 문서
정리자에 불과하다.

외할아버지는 건장하고 다감한 분이었고, 협심증 발작으로 쉰 살에 죽음을 맞았다. 그 당시 어머니는 열세 살이었고, 자기 아버지를 좋아했다. 과부가 된 외할머니는 보다 완고해졌고, 늘 경계를 늦추지 않았다. (공포를 불러일으키는 두 가지 이미지. 사내아이들일 경우 감옥, 그리고 여자아이들일 경우 사생아.) 그녀는 가내 직조업이 사라졌기 때문에 빨래와 사무실 청소를 했다.

그녀는 말년에 인근 공장에서 식당으로 쓰던, 철길 바로 아래에 있는 전기도 들어오지 않는 가건물에서 막내딸과 막내 사위를 데리고 살았다. 어머니는 일요일마다 나를 데리고 그녀를 보러 갔다. 그녀는 포동포동한 자그마한 여인으로, 태어날 때부터 한쪽 다리가 다른 쪽 다리보다 짧았지만 몸을 재게 놀렸다. 그녀는 소설들을 읽었고, 말수가 적고 표현이 거칠었으며, 찻잔 바닥에 조금 남은 커피에 브랜디를 섞어 마시기를 좋아했다. 그녀는 1952년에 세상을 떴다.

내 어머니의 어린 시절, 그것은 대체로 다음과 같다.

결코 채워지지 않는 식욕. 어머니는 빵을 사 갖고 돌아오는 길에 빵집에서 정확하게 무게를 맞추느라 끼워 넣어 준 빵 토막을 먹어 치웠다. 「스물다섯 살이 지나기 전에, 너른 바다도, 그 안의 생선도 몽땅 먹어 치웠을걸!」

아이들이 함께 쓰는 방, 여동생과 함께 쓰는 침대, 몽유병 발작으로 안마당에서 눈 뜬 채로 서서 자는 모습을 들키는 그녀,

언니가 동생에게 물려주는 원피스와 신발들, 성탄절에 받는 헝겊 인형, 능금주 때문에 구멍이 난 치아,

짐말 위에 올라타고 돌아다니기, 1916년 겨울에 얼어붙은 늪에서 얼음지치기, 숨바꼭질과 고무줄놀이, 사립 기숙 학교에 다니는 〈아가씨들〉에게 보내는 욕설과 경멸을 담은 제의적 몸동작 — 휙 뒤돌아서서 자신의 엉덩이를 한쪽 손으로 재빨리 때리기,

나무에 톱질하기, 나무를 흔들어 사과 따기, 닭 모가지 깊숙이 가위를 찔러 넣어 한 번에 암탉 멱 따기

등, 사내아이들과 똑같은 처세술을 터득한, 영락없는 시골 여자아이의 삶. 유일한 차이라고는 〈짬지〉를 남이 만지게 내버려 두지 않는 것.

어머니는 농번기인지 아닌지, 병이 난 형제자매가 있는지 없는지에 따라서 들쭉날쭉 학교를 다녔다. 손톱과 블라우스의 목덜미 부분을 보여 봐라, 한쪽 신발을 벗어 봐라(어느 쪽 발을 씻어야 하는지 결코 알 수 없었다), 여선생님들의 예절과 청결에 관한 강요 말고는 거의 남아 있지 않은 추억들. 교육은 어머니에게서 어떠한 열정도 불러일으키지 못하고 그냥 지나가 버렸다. 아무도 자기 자식들을 〈밀어붙이지〉 않았으니, 〈아이들 스스로〉 알아서 해야 했고, 학교란 더 이상 부모가 책임지지 않아도 될 때를 기다리면서 때워야 할 시간일 뿐이었다. 수업을 빼먹어도 잃을 게 없었다. 하지만 미사는 달랐다. 성당에서 가장 안 좋은 자리에 앉더라도 호사로움과 아름다움과 정신의 활동(수놓은 사제복과 황금빛 성배와 성가)에 참가함으로써, 〈개차반으로 살지〉 않는다는 감정을 느끼게 해줬

25

다. 나의 어머니는 일찍부터 종교에 강하게 끌리는 모습을 보여 줬다. 교리 문답은 어머니가 답변 전부를 암기하면서 열정적으로 배웠던 유일한 과목이다. (훗날, 성당에서 자신이 알고 있다는 것을 보여 주려는 듯 기도문에 즐거이, 숨 가쁘게 응답하던 그 모습.)

열두 살 반에 학교를 떠나도 행복하지도 불행하지도 않다는 것이 일반적 관례.* 마가린 공장에 입사한 그녀는 그곳에서 추위와 습기로 고생했고, 젖은 손은 겨울 내내 동상에 걸려 있었다. 그러고 나니 마가린 쪽으로 다시는 〈눈길을〉 돌리기도 싫었다. 따라서 〈꿈 많은 청소년기〉와는 거리가 멂. 그러나 다른 한편으로는, 토요일 밤을 기대함, 모드 잡지인 『르 프티 데

* 어쨌든, 과거 시제로만 논하는 것에는 함정이 도사리고 있음. 1986년 6월 17일자 「르몽드」지에는 어머니가 살았던 고장인 오트 노르망디에 관한 기사가 실려 있다. 〈여러 가지 개선책에도 불구하고 단 한 번도 완전 취학에 접근한 적이 없었고, 그러한 취학률 저조가 낳은 부정적 효과들이 여전히 현재 진행형이다. (……) 매년 7천 명에 달하는 청소년들이 교육이 이루어지지 못한 상태에서 교육 제도를 빠져나간다. 《열외반》 출신들인 그들은 자격증 취득 연수를 받을 수 없다. 한 교육학자의 말에 따르면, 그 가운데 절반이 《그들을 위해 작성된 두 장짜리 글을 읽지 못한다》.〉 — 원주.

코 드 라 모드』*와 백분(白粉)을 살 수 있을 정도의 돈만 남기고 어머니에게 월급 전부를 갖다 바침, 정신없이 깔깔거림, 미워함. 어느 날 작업반장의 목도리가 기계 벨트에 말려 들어갔다. 누구도 그를 도와주러 달려가지 않았고, 그는 혼자 힘으로 빠져나와야만 했다. 내 어머니는 그 사람 옆에 있었다. 노동 소외에 버금가는 중압감을 겪었던 게 아니라면 그 사실을 어떻게 받아들이겠는가?

1920년대에 산업화 바람이 불면서 대규모 밧줄 제조 공장이 하나 나타났고, 그 지역의 젊은 층을 모조리 흡수했다. 내 어머니도 여자 형제들과 남자 형제 둘과 함께 그곳에 고용되었다. 좀 더 편하게 출퇴근하라고 외할머니는 공장에서 1백 미터 떨어진 곳에 자그마한 가옥 한 채를 빌려 이사를 갔고, 저녁 시간에 딸들과 함께 살림을 살았다. 어머니는 작업장이 깨끗하고 건조한 데다, 일하면서 웃고 떠드는 것을 금지하지 않아서 그곳을 좋아했다. 대규모 공장의 노동자라는 사실을

* 1880~1983년에 발행된 유명 여성 잡지로 1950년에는 매주 150만 부를 발행했다.

자랑스러워함. 미개인들, 여전히 암소 뒤꽁무니에 쭈그리고 앉아 있는 시골 처녀들에 비해 문명화되었고, 그리고 노예들, 〈주인님의 밑이나 닦아〉드려야 하는 부르주아 가정의 하녀들에 비해 자유롭다고 할 만한 구석이 존재하니까. 하지만 뭐라고 꼭 집어내기는 힘들지만, 그 모든 것이 스스로를 자신의 꿈으로부터 떨어뜨려 놓는다고 느낌. 그러니까, 상점 아가씨로부터.

대가족들 대부분이 그렇듯, 내 어머니의 가족은 하나의 부족 같았다. 그러니까 외할머니와 그녀의 자식들은 행동하는 방식도, 반농민 반노동자로서 삶을 살아가는 방식도 동일해서 누구라도 그들이 〈D……네 식구들〉임을 알아볼 수 있었다. 그들은 남녀 모두 어느 상황에서든지 소리를 질러 댔다. 그들은 기쁨이 흘러넘치는가 싶다가도 금세 기분이 상해서는 쉽게 화를 냈고, 해야 할 말은 〈대놓고 해댔다〉. 특히, 자신들의 노동력에 대한 자부심. 그들은 다른 사람들이 자신들보다 더 씩씩하다는 사실을 받아들이기 어려워했다. 그들은 지속적으로 자신들을 가둔 한계에 스스로가 〈대단한 인물〉이라는 확신을 맞세웠다. 노동이든 음식이든 모든 것에 온몸을 던지고, 눈물이 나도록 웃어 젖히고, 그랬는가 싶다가도 한 시간 뒤에 〈저수지에 몸을 던지겠어〉라고 서슴없이 알려 오는 그러한 분노는 어쩌면, 거기서부터 비롯된 것일지도.

모든 식구 중에서도 가장 격렬하고 자부심 강하며 사회적 위치의 열등함에 대한 반항적 통찰력과 그러한 잣대로만 평가당하는 것에 대한 거부감을 지녔던 사람이 바로 어머니였다. 그녀가 부자들에 관해 자주 하던 생각들 중 하나는 〈우리도 그들 못지않거든〉. 그녀는 상당히 튼튼한(〈내 건강을 사려고 들었을걸!〉) 금발 미녀였고, 두 눈은 회색빛이었다. 어머니는 손에 걸리는 대로 전부 읽어 치우고, 새로 나온 노래들을 부르고, 화장을 하고, 극장으로, 상영 중인 「수치스러운 로제」*와 「제철소 주인」**을 보러 영화관으로 몰려가

* Roger la Honte. 앙드레 카야트André Cayatte 감독의 1946년 작품.
** Le Maître de forges. 페르낭 리베르Fernand Rivers 감독의 1933년 작품.

기를 좋아했다. 어느 때고 〈즐길〉 준비가 되어 있음.

사회생활의 핵심이 사람들에 관한 정보를 얼마나 많이 갖고 있느냐에 있으며, 여자들의 행실 감시가 늘 자연스럽게 이루어지던 그 시절의 소도시에서는 〈청춘을 구가〉하려는 욕망과 〈손가락질〉당할 거라는 강박관념 사이에 갇힐 수밖에 없었다. 어머니는 공장에서 일하는 처녀 아이들에게 내려질 수 있는 가장 호의적인 평가에 자신을 맞추려고 애썼다. 그러니까 〈여공이지만 성실〉하며 미사와 성사, 성찬식 빵을 거르지 않고, 고아원의 수녀들과 함께 혼수에 수를 놓으며, 절대로 사내아이와 단 둘이서 숲에 가지 않는다는 것. 짧게 줄인 치마, 사내아이 같은 헤어스타일, 〈대담한〉 눈빛, 그리고 남자들과 함께 일한다는 사실만으로도 자신이 되고자 열망하는 것, 즉 〈반듯한 처녀 아이〉로 보이는 것에 지장을 주기에 충분했다.

내 어머니의 청춘, 부분적으로는 이렇다. 그리 될 가능성이 가장 높은 운명, 그러니까 확실하게 빈곤할 테고, 어쩌면 술에 빠져들게 되리라는 운명, 그것에서 벗어나려고 노력함. 여공이 〈되는대로 살고〉(예를 들어 담배를 피우고, 밤에 거리를 돌아다니고, 얼룩을 묻힌 채 외출함) 더 이상 그 어떤 〈성실한 젊은이〉도 그녀를 원하지 않을 때, 그녀에게 닥칠 수 있는 그 모든 것에서 벗어나려고 노력함.

그녀의 형제자매들은 그 어떤 것도 피해 가지 못했다. 최근 25년 동안 넷이 죽었다. 오래전부터 그들이 품고 있는 분노의 허기를 채워 준 것은, 남자들은 카페에서, 여자들은 집에서 마셔 댄 술이었다(술을 마시지 않은 막내 여동생만이 아직 살아 있다). 그들은 어느 정도 취기가 오르지 않으면 더는 즐거워하지도 않았고 말도 하지 않았다. 나머지 시간 동안은 〈모범적인 노동자〉, 〈두 번 말할 거리가 하나도 없는〉 가정부로서, 말없이 무섭게 일을 해치웠다. 세월이 흐르면서, 사람들의 시선에서 〈기분이 좋아 보이다〉, 〈술이 얼큰히 오르다〉라고, 음주의 관점에서만 평가당하는 것에 익숙해짐. 성신 강림 축일 전날, 나는 학교에서 돌아오는 길에 M…… 이모를 만났다. 쉬는 날에는 늘 그렇 듯이 이모는 빈 병이 가득 든 가방을 들고 시내로 가고 있었다. 이모는 가만히 선 채 비틀거리면서, 아무 말 없이 내 양 볼에 입을 맞췄다. 내가 그날, 이모를 만난 일이 없었다는 듯 글을 쓰기란 절대로 가능하지 않으리라는 생각이다.

여자에게 결혼이란 삶 또는 죽음이었으니, 둘이 되어 보다 쉽게 궁지에서 벗어나리라는 희망일 수도 있고 결정적인 곤두박질로 끝날 수도 있다. 따라서 〈여자를 행복하게 해줄〉 수 있는 남자를 알아볼 수 있어 야만 했다. 당연히, 아무리 부유하다고 해도, 당신을 전기도 들어오지 않는 촌구석에서 암소 젖이나 짜게 만들 땅 파는 사내는 퇴짜. 나의 아버지는 밧줄 제조 공장에서 일했고, 키가 크고 풍채가 근사했으며, 제법 〈멋쟁이〉였다. 그는 술을 마시지 않았고, 가정을 꾸릴 생각으로 월급을 차곡차곡 모았다. 차분하고 유쾌한 성품이었고, 어머니보다 일곱 살 더 많았다(〈사내아이〉를 골라잡는 법은 없었단다!). 미소를 띠고 얼굴을 붉히면서 어머니가 들려주던 이야기. 「내 마음을 사려는 남자들도 아주 많았지. 결혼 신청만도 여러 번 받았는데, 내가 고른 사람은 바로 네 아버지였단다.」 그러고 종종 덧붙이던 말. 「그 사람은 평범해 보이지 않았거든.」

아버지 쪽 이야기 역시 어머니 쪽 이야기와 흡사하다. 짐수레꾼 아버지와 방직공 어머니 밑에서 태어났으며, 역시 자식 많은 집안이었고 열두 살에 학교를 떠난 것까지도 비슷했지만, 아버지는 밭일을 택해서 농장 일꾼으로 일했다. 그의 큰형은 철도 공사의 높은 자리까지 올라갔고, 두 누이는 상점 직원과 결혼했다. 과거 가정부 일을 했던 누이들은 언성을 높이지 않고 말하고, 조용히 걷고, 튀지 않게 처신하는 법을 알고 있었다. 이미 〈품위〉도 더 갖췄을 뿐만 아니라 어머니 같은 여공들을 경멸하는 경향을 보여 줌. 여공들의 겉모습이나 동작들이 그들이 벗어나고 있는 세계를 뚜렷이 떠올려 줬기 때문. 아버지의 누이들 생각에 아버지는 〈좀 더 나은 짝을 찾을 수도 있으련만〉.

두 사람은 1928년에 결혼했다.

결혼사진을 보면, 어머니는 성모 마리아상처럼 균형 잡힌 얼굴에 창백하고, 머리 둘레를 조이고 있는 면사포는 눈까지 내려와 있고, 그 밑으로 애교머리 두 가닥이 보인다. 가슴과 엉덩이가 풍만하며 다리가 아름다운 여인(드레스는 무릎을 덮지 않았다). 미소 없는 차분한 표정에 장난기와 호기심이 엿보이는 시선. 가느다란 콧수염을 기르고 나비넥타이를 맨 그는 훨씬 더 나이 들어 보인다. 그는 근심스러운 표정으로 눈살을 찌푸리고 있는데, 아마도 사진이 제대로 나오지 않을까 봐 걱정스러운 모양이다. 그는 그녀의 허리에 팔을 두르고, 그녀는 그의 어깨에 손을 얹었다. 두 사람은 길에 서 있고, 길은 풀이 길게 자란 마당에 접해 있다. 그들 뒤로 사과나무 두 그루가 가지들을 맞대고 서 있어서, 두 사람 머리 위로 사과나무 이파리가 만들어 준 둥근 지붕이 생겨났다. 저 안쪽으로 보이는 건 나지막한 집의 전면. 그 장면을 보고 있으면 어느덧, 길을 덮고 있는 메마른 흙, 삐죽삐죽 솟은 자갈들, 초여름 시골 내음이 느껴진다. 하지만 그건 나의 어머니가 아니다. 사진 속 얼굴들이 움직인다는 착각이 일 정도로 아무리 오랜 시간 사진을 들여다보고 있어 봤자, 내 눈에 보이는 건 그저 1920년대 영화 속 의상을 빌려 입은 듯한, 반짝반짝 윤이 나는 웬 아가씨뿐이다. 장갑을 쥐고 있는 넓적한 손과 고개를 꼿꼿하게 쳐들고 있는 자세만이 그것이 내 어머니라고 말해 준다.

그 새색시가 느꼈을 행복과 자부심, 그것에 대해서는 거의 확신이 든다. 새색시의 욕망, 그것에 대해서는 아는 게 전혀 없다. 신부는 신혼 초에 — 자매 중 한 명에게 한 고백 — 잠옷 밑에 팬티를 입은 채 침대로 들어갔다. 이 사실에 대단한 의미가 있는 것은 아니다. 사랑이란 수치심을 벗어나야만 가능했지만, 여자가 〈정상〉이라면 당연히 이루어지기 마련이었다.

신혼 초. 기혼녀 노릇 하고, 자기 살림 살고, 혼수로 장만했던 수놓은 냅킨과 새 식기 개시하고, 〈내 남편〉과 팔짱을 끼고 외출하는 흥분, 그리고 웃음과 다툼(어머니는 요리를 할 줄 몰랐다), 그 뒤의 화해(어머니는 오래 뿌루퉁해 있는 사람이 아니었다), 그러고 나면 삶이 다시 시작되는 느낌. 하지만 봉급이 더 이상 오르지 않았다. 그들은 집세를 내야 했고, 할부로 산 가구들도 있었다. 무엇이든 절약해야만 해서 부모에게서 채소 얻어먹기(그들에게는 정원이 없었다). 하지만 결국 전과 다를 바 없는 똑같은 삶. 두 사람은 삶을 서로 다른 방식으로 겪어 냈다. 둘 다 신분 상승의 욕구는 같았지만, 아버지에게는 닥쳐올 투쟁 앞에서 느끼는 공포와 자신의 처지를 체념하고 받아들이려는 유혹이 더 강함. 반면, 아내에게서는 자신들에게는 잃을 것이 아무것도 없으므로, 〈어떠한 희생을 치르더라도〉 가난에서 탈출하기 위해 할 수 있는 모든 일을 해야 한다는 신념이 더 강함. 여공이란 것에 자부심을 느꼈지만 평생 그 신분을 유지하고 싶은 정도는 아니어서, 자신이 할 수 있는 유일한 모험을 갈망함. 즉, 식료품 가게를 여는 것. 남편이 아내를 따랐고, 아내가 부부의 사회생활 결정권을 쥐고 있었다.

1931년, 두 사람은 이브토에서 25킬로미터 떨어진 주민 7천의 노동자 도시인 릴본에서, 음료 및 식품 영업권을 빚을 내어 인수했다. 그 카페 겸 식료품점은 라 발레에 있었다. 그곳은 태어나서 죽을 때까지 사람들의 삶의 주기와 생활 방식을 좌지우지했고, 그 연원이 19세기로까지 거슬러 올라가는 제사(製絲) 공장들이 들어선 지역이었다. 오늘날에도 전쟁 전의 라 발레라고 하면 알코올 중독자와 미혼모 밀집 지역, 벽을 타고 흘러내리는 습기, 두 시간 만에 시퍼런 물똥을 싸다가 죽어 나가는 갓난아이들 등, 말 다한 셈이다. 그때 어머니 나이 스물다섯이었다. 그녀가 내가 오랫동안 그녀만의 것이라고 믿었던 그 얼굴에 그 취향,

그러한 태도를 지닌 사람으로 바뀌어 나갔을 곳이 바로 그곳이다.

가게에서 벌어들이는 수입만으로는 먹고살기에 충분치가 않아서 아버지가 공사판에 일을 했고, 그러다가 나중에는 바스 센의 정유 공장에서 일을 했으며, 정유 공장에서는 감독까지 올라갔다. 가게는 어머니 혼자서 보았다.

어머니는 곧 그 일에 정열을 쏟아부었다. 〈언제나 미소 띠기〉, 〈누구에게나 간단한 말이나마 건네기〉, 무한한 인내심 ─ 「날 보고 자갈을 팔래도 팔 수 있었을걸!」 대변에, 자신이 겪었던 가난과 흡사하나 더 엄혹한 공업 도시의 가난에 적응했고, 스스로 생계를 꾸리지 못하는 사람들 덕분에 자신이 생계를 꾸릴 수 있다는 상황을 의식함.

아마도, 식료품점과 카페 그리고 라 발레에 정착한 지 얼마 되지 않아 태어난 어린 딸아이가 커나가기 시작한 부엌을 오가는 사이에, 스스로를 위해 쓰는 시간은 없었을 터. 아침 6시(우유 사러 들르는 제사 공장에 다니는 여자들)부터 저녁 11시(카드 치고 당구 치는 남자들)까지 가게를 열어 놓음. 하루에도 몇 번이고 장 보러 들러 버릇하는 고객에게 아무 때고 〈시달림〉. 여공보다 고작 조금 더 벌 뿐이라는 씁쓸함과 〈잘 해내지〉 못할지도 모른다는 강박 관념. 하지만 또한, 나름의 권력 ─ 몇몇 가정에 외상을 줌으로써 살아남을 수 있게 돕지 않았던가? 말하고 들어주는 즐거움(가게에서는 오만 가지 인생살이 이야기가 오고 갔다). 요컨대, 폭넓어진 세상살이의 행복.

그리고 그녀는 또한 〈변하기 시작했다〉. 여기저기(세무서, 구청) 출입하고 납품업자들과 판매 대리인들을 상대해야 하는 바람에, 말씨에 신경 쓰기 시작했고, 더 이상 〈맨머리로〉 외출하지 않았다. 원피스를 사기 전에는 그 옷이 〈세련〉되어 보이는지를 생각해 보기 시작했다. 더는 〈촌티 내지〉 않겠다는 바람, 그 다음에는 그렇게 되었다는 확신. 델리Delly*의 대중 소설들과 은자 피에르의 저서 말고도 베르나노스, 모

* 잔-마리와 프레데릭 프티장 드 라 로지에르 남매가 공동으로 사용하던 필명이다. 남매는 애정 소설들을 주로 썼으며, 오늘날에는 그 이름조차 기억하는 이들이 드물지만, 1910~1950년 사이에는 엄청난 대중적 성공을 거두었다.

리아크, 콜레트의 〈노골적인 이야기들〉을 읽었다. 아버지는 그처럼 빠르게 변하지 않았고, 낮에는 노동자요 밤에는 카페 주인 노릇을 하며 자기 자리가 아닌 곳에 있다고 느끼는 사람답게, 수줍게 어색해했다.

경제 위기로 얼룩진 암울한 시기, 파업, 〈마침내 노동자를 위해 존재했던〉 사람 블룸Blum, 왔다가는 식량으로 가방을 채워서 돌아가는 그녀 쪽 친척들(그녀는 서슴없이 식량들을 내줬는데, 궁지에서 벗어난 유일한 사람이 자신 아니었는가?), 그들을 위해 방마다 깔아 놨던 매트리스, 〈다른 쪽〉 친척들과의 불화가 이어졌다. 고통. 그들의 어린 딸은 예민했고 쾌활했다. 어떤 사진을 보면, 그 아이는 나이에 비해 키가 커 보이며 다리는 가느다랗고 무릎은 툭 튀어나와 있다. 아이는 햇살에 눈이 부실까 봐 이마 위로 한 손을 갖다 댄 채 웃고 있다. 또 다른 사진에서는 영성체 중인 사촌 옆에서 진지한 표정을 짓고 서서 자기 눈앞으로 쫙 펼쳐 올린 손가락들을 가지고 놀고 있다. 1938년, 부활절이 되기 3일 전, 그 아이는 디프테리아로 목숨을 잃는다. 두 사람은 아이가 보다 행복하게 자라라고 아이를 한 명만 두려고 했었다.

묻혀 가는 고통, 우울증이 가져다준 침묵, 기도, 그리고 〈하늘에 오른 어린 성녀〉에 대한 믿음. 1940년 초, 다시 한 번 삶이 시작된다. 그녀는 또 다른 아이를 기다리고 있었다. 나는 9월에 태어날 거다.

이번에는 내가 어머니를 세상에 내어놓기 위해서 그녀에 관한 글을 쓰고 있는가 보다.

두 달 전, 종이 위에 〈어머니가 4월 7일 월요일에 돌아가셨다〉라고 쓰면서 이 글을 시작했다. 그 뒤로, 그것은 내가 감당할 수 있는 문장이고, 심지어 만약 그 문장이 누군가 다른 사람이 쓴 것이라면 내가 그 문장을 읽으면서 느낄 감정과 전혀 다르지 않은 감정을 품고서 읽어 낼 수 있는 문장이다. 하지만 병원과 노인 요양원이 위치한 구역으로 가는 것이나, 어머니가 살아 있었던 마지막 날에 대한 기억들이 잊고 있는 줄 알았는데 불쑥 솟아오르는 것은 견디지 못한다. 처음에는 내가 글을 빨리 쓰리라고 생각했다. 실제로는, 무슨 말을 어떤 순서로 해야 할지, 마치 어머니에 관한 진실 — 그 진실을 이루고 있는 것이 무엇인지 나는 모른다 — 을 유일하게 보여 줄 수 있는 어떤 이상적인 순서가 존재하기라도 하는 양 단어들을 고르고, 그것들을 어떻게 배열할지에 대해 궁리하느라 많은 시간을 보내고 있고, 글을 쓰고 있는 이 순간 내게는 그러한 순서의 발견 말고는 그 어떤 것도 중요하지 않다.

탈출. 어머니는 길을 나서서 이웃과 함께 니오르까지 갔고, 헛간에서 잠을 잤으며, 〈그 고장의 싸구려 포도주〉를 마셨고, 그러다가 한 달 뒤 집에서 몸을 풀려고 혼자 자전거를 타고 독일군의 바리케이드를 넘어 집으로 돌아왔다. 조금도 무섭지는 않았음. 그리고 도착할 때쯤엔 어찌나 더러웠는지 아버지가 누군지 알아보지 못할 정도였음.

독일 점령기 동안, 라 발레 주민 모두가 식량 보급의 희망을 품고 식료품점을 중심으로 몰려들었다. 그녀는 모든 사람을, 특히 식구 많은 가정들을 먹여 살리려고 애썼다. 착하고 유용한 존재가 되고자 하는 그녀의 열망, 그녀의 자부심. 폭격이 진행되는 동안에는 차라리 〈집에서 죽겠노라〉며 언덕 비탈에 마련된 방공호로 대피하지 않았다. 그녀는 오후에, 내가 튼튼해지기를 바라는 마음에서, 두 차례 발령되는 경보와 경보 사이의 틈을 이용해 나를 유모차에 태우고 산책했다. 그 당시는 손쉽게 친교를 맺는 때라서, 그녀는 공원 벤치에 앉아 공원의 놀이터 모래밭 앞에서 뜨개질을 하는 신중한 젊은 부인네들과 사귀었고, 그러는 동안 아버지는 빈 가게를 지켰다. 영국인, 미국인이 릴본으로 들어왔다. 탱크들이 라 발레를 가로질러 가는 동안 연합군들이 초콜릿과 오렌지 가루가 든 봉지들을 던져 줬고, 사람들이 흙먼지 속에서 그것들을 주워 올렸다. 저녁마다 군인들로 미어터지는 카페, 가끔씩 벌어지는 패싸움, 하지만 대체로 축제 분위기. 그리고 〈쉬트 포 유*shit for you*〉를 말할 줄 알게 됨. 곧이어,

그녀는 소설 얘기하듯 전시(戰時) 얘기를 했다. (어머니는 『바람과 함께 사라지다』를 너무나 좋아했다.) 어쩌면, 다 같이 불행을 겪는 바람에 출세하기 위한 투쟁, 훗날 헛수고로 끝나게 될 그 투쟁을 잠깐 멈추고 맛본 일종의 휴식일지도.

그 시절의 그 여자는 아름다웠고, 머리카락을 다갈색으로 물들이고 있었다. 어머니는 커다란 목청을 지녔고 종종 무시무시한 목소리로 소리를 질러 댔다. 또한 웃기도 잘 했는데, 이와 잇몸이 다 드러나고 목젖이 다 들여다보이는 웃음이었다. 어머니는 다림질을 하면서 「벚꽃 필 무렵」, 「리키타, 그대, 자바의 아름다운 꽃」을 흥얼거렸고, 터번을 두르고, 큼직한 푸른색 줄무늬가 들어간 여름 원피스를 입거나 무늬가 찍힌 부드러운 촉감의 베이지색 원피스를 입었다. 개수대 위에 부착된 거울을 보면서 퍼프로 분을 바르고, 입술산부터 시작해서 입술연지를 바르고, 귀 뒤쪽에 향수를 뿌렸다. 코르셋을 잠글 때면 벽을 향해 돌아섰다. 교차되어 내려오는 코르셋 끈들은 아랫부분에서 팔자매듭으로 묶였는데, 끈들 사이로 살이 삐져나왔다. 그녀의 육체 그 어느 부분도 내 눈길을 피해 가지 못했다. 나는 크면 나도 그렇게 되리라고 생각했다.

어느 일요일, 세 사람이 숲 근처 언덕 밑자락에서 피크닉을 하고 있다. 목소리, 따뜻한 살, 끊임없는 웃음소리로 지어진 둥지 속에 자기들끼리만 들어앉아 있던 기억. 돌아오는 길에 폭격을 만났다. 나는 아버지의 자전거 핸들 위에 앉아 있고, 그녀는 엉덩이 사이로 비집고 들어갈 듯한 안장 위에 꼿꼿이 앉은 채 우리보다 앞서 언덕을 내려가고 있다. 나는 포탄이 무섭고, 어머니가 죽을까 봐 겁이 난다. 그때 아버지와 나, 우리는 둘 다 어머니와 사랑에 빠졌던 것 같다.

1945년, 세 사람은 라 발레를 떠나 이브토로 돌아갔다. 나는 라 발레에서 끊임없이 기침을 했고, 안개 때문에 제대로 자라지 못하고 있었다. 전후가 전시보다 훨씬 더 살아가기 힘들었다. 여전히 배급제가 실시되고 있었고, 〈암시장의 벼락부자들〉이 수면 위로 올라왔다. 그녀는 또 다른 영업권이 나오기를 기다리는 동안, 길 양옆으로 잔해가 쌓여 있는 시내 중심가를 나를 데리고 이리저리 산책했고, 불타 버린 교회 대신 극장 안에 마련해 놓은 예배당으로 데리고 가 기도하라고 시켰다. 아버지는 포탄 구멍들을 메우는 일을 했고, 세 식구는 전기도 들어오지 않는 두 칸짜리 집에서, 여기저기 떨어져 나간 가구들을 벽에 붙여 세워 놓은 채로 지냈다.

석 달 뒤, 중심지를 벗어난 곳의 포화를 피해 간 지역에서 그녀는 촌티 나는 카페 겸 식료품점 여주인의 삶을 다시 시작했다. 고작 쪼끄만 부엌 하나, 2층에는 고객들의 눈을 피해 먹고 잘 수 있는 침실 하나, 지붕 밑 다락방 두 개. 하지만 다른 한편으로는, 너른 마당, 장작, 건초, 짚을 쟁여 둘 수 있는 헛간들, 포도 압착기, 그리고 무엇보다도 현금 지불에 보다 우호적이 된 고객들. 카페에서 손님 시중을 드는 동안에도 아버지는 채마밭을 가꿨고, 닭과 토끼를 키웠으며, 손님들에게 내다 팔 능금주를 만들었다. 20년 동안 노동자로 일하고 난 뒤 다시 절반짜리 농부의 생활 방식으로 돌아갔던 것이다. 금전 관리를 담당한 그녀가 식료품점 운영, 주문 내기, 장부 정리를 도맡았다. 그들은 차츰차츰 주변의 노동자들이 처한 처지보다는 나은 처지로 올라서서, 예를 들자면 가게 건물과 가게에 인접한 나지막한 작은 집 한 채의 소유주가 되는 데 성공한다.

몇 년 동안은 여름휴가 때가 되면, 릴본의 옛 고객들이 가족 단위로 관광버스를 타고 그들을 보러 오곤 했다. 만나서는 서로 끌어안고 눈물을 흘렸다. 카페의 식탁들을 쫙 이어 붙여서 다 같이 식사를 하고, 노래를 하고, 독일 점령기를 기억했다. 그러다가 1950년대로 들어서면서 찾아오기를 그만두었다. 어머니는 말했다. 「그건 다 지나간 일이지. 이제는 앞을 향해 나아가야 해.」

그녀가 마흔에서 마흔여섯 사이일 때의 이미지들. 어느 겨울 아침, 내가 화장실에서 잃어버린 값나가는 (나는 오랫동안 그 가격을 기억했다) 모직 목도리를

선생님에게 찾아 달라며 당당하게 수업 중에 교실로
들어온다.

어느 여름, 뵐 레 로즈의 바닷가. 자기보다 젊은 시
누이 한 명과 홍합을 줍고 있다. 검은색 줄무늬가 들
어간 연보랏빛 원피스 자락을 들어 올려 앞에서 묶은
차림이다. 그녀는 해변 근처의 가건물에 마련된 카페
를 들락거리며 아페리티프를 마시고 케이크를 먹는
다. 두 여자는 쉬지 않고 웃어 댄다.

이번에는 성당 안. 그녀가 성모에게 바치는 성가,
「어느 날엔가는 성모님을 뵈러 가리라, 천상으로, 천
상으로」를 우렁찬 목소리로 부르고 있었다. 그 때문
에 나는 울고 싶었고 그녀가 미웠다.

그녀는 강렬한 색깔의 원피스들과 〈조직이 곱고 촘
촘한〉 검은색 모직 정장 한 벌을 갖고 있었고, 『콩피
당스』*와 모드 잡지인 『라 모드 뒤 주르』를 읽었다. 어
머니는 피 묻은 개짐을 헛간 한 귀퉁이에 모아 뒀다가
세탁일인 화요일에 빨았다.

* *Confidences*. 1938년 창간된 잡지로 연재소설과 연애 이야기 체험
담들을 주로 실었다.

내가 지나치게 뚫어져라 바라보면 그녀는 신경질을 냈다. 「왜, 날 사려고?」

그녀는 일요일 오후면 스타킹에 슬립 바람으로 낮잠을 잤다. 내가 옆에 가서 누워도 내버려 뒀다. 그녀는 잠이 빨리 들었고, 나는 그녀와 등을 맞대고 웅크린 채 책을 읽었다.

그녀는 영성체 축하 식사 자리에서 술에 취해, 내 옆에서 토하고 말았다. 그 뒤로 축제 때마다 나는 테이블 위로 팔을 쭉 뻗고 손에는 잔을 쥐고 있는 그녀의 모습을 지켜보았고, 내 온 힘을 다해서 그녀가 잔을 들어 올리지 않기를 바랐다.

그녀는 아주 건장해졌다. 89킬로. 많이 먹었고, 블라우스 주머니에 늘 각설탕을 지니고 있었다. 살을 빼려고, 아버지 몰래 루앙의 약국에서 살 빼는 약을 구입했다. 그녀는 빵과 버터를 자제했지만 고작 10킬로를 뺐을 뿐이다.

그녀는 문들을 쾅쾅 닫았고, 청소하려고 의자들을 식탁 위에 올려놓으면서 의자들끼리 마구 부딪게 했다. 무슨 행동을 하든 시끄러운 소리를 냈다. 물건들을 내려놓는 것이 아니라 집어던지듯 했다. 성질이 나 있을 때면, 그것이 얼굴에 바로 드러났다. 가족끼리는 자신이 생각하는 그대로를 퉁명스러운 말씨로 내뱉었다. 그녀는 나를 고얀 년, 더런 년, 망할 년, 혹은 그저 〈불쾌한 계집애〉라고 불렀다. 척하면 나를 때렸다. 특히 따귀를 때렸고, 가끔은 어깨에 주먹질도 했다(「내가 참지 않았더라면 쟨 벌써 죽었어!」). 그러고 나서 5분 뒤엔 나를 꼭 껴안았으니, 나는 그녀의 〈인형〉이었다.

그녀는 축제, 앓기, 시내 나들이 등 조금이라도 기회가 왔다 싶으면 내게 장난감과 책을 안겼다. 어머니는 나를 치과 전문의, 기관지 전문의에게 데려갔고, 내게 좋은 신발과 따뜻한 옷, 선생님이 요구하는 학용품 전부(그녀는 나를 읍내 공립 학교가 아니라 사립 기숙학교에 집어넣었다)를 신경 써서 갖춰 줬다. 가령 내가 반 친구 한 명이 깨지지 않는 칠판을 갖고 있다고 얘기하면, 어머니는 즉각 그게 갖고 싶은지 물었다. 「네가 다른 애들에 비해 넉넉하지 못하다고 입에 오르내리는 건 싫어.」 그녀의 가장 깊은 욕망은 자신이 누리지 못했던 것 전부를 내게 주는 것이었다. 그런데 그렇다는 것은 결국 그녀에게는 과중한 노동, 극심한 돈 걱정을 의미하는 거였다. 아이의 행복에 신경을 쓴다는 것은 이전의 교육관에 비춰 보면 너무나 낯선 것이어서, 그 입에서 저절로 튀어나오는 말. 〈넌 정말 돈이 많이 드는구나〉 혹은 〈이렇게나 가진 게 많은데 넌 아직도 행복하지 않은 거냐!〉

나는 어머니의 폭력, 애정 과잉, 꾸지람을 성격의 개인적 특색으로 보지 않고 어머니의 개인사, 사회적 신분과 연결해 보려고 한다. 그러한 글쓰기 방식은 내 보기에 진실을 향해 다가서는 것이며, 보다 일반적인 의미의 발견을 통해 개인적 기억의 고독과 어둠으로부터 빠져나오게 돕는 것이다. 하지만 내 안의 무언가가 뻗대고 있고, 어머니에 대해 순수하게 감정적인 이미지들을, 온기 혹은 눈물을, 의미 부여 없이 그대로 간직하고 싶어 함을 느낀다.

그녀는 장사를 하는 어머니였다. 그러니까, 그녀는 우선적으로 우리를 〈먹고살게 해주는〉 손님들 차지였다. 어머니가 손님들 시중을 들고 있을 때면 방해는 금물이었다(수실을 타내거나 놀러 나가도 된다는 허락을 얻으려고 가게와 부엌을 가르는 문 뒤에서 기다림). 만약 시끄러운 소리가 들리면, 갑자기 나타나서 아무 말 없이 올려붙이고 다시 시중들러 가버렸다. 그녀는 손님들을 대할 때 지켜야 할 규칙 존중 — 똑똑한 목소리로 인사하기, 먹지 않기, 손님들 앞에서 다투지 않기, 그 누구의 험담도 하지 않기 — 과 마찬가지로, 그들이 불러일으키기 마련인 불신 — 그들이 얘기하는 것은 절대 믿지 않기, 가게에 그들만 있을 때면 몰래 지켜보기 — 에 아주 일찌감치 나를 끌어들였다. 그녀는 고객을 대하는 얼굴과 우리를 대하는 얼굴, 두 개의 얼굴을 갖고 있었다. 문간의 종이 울리기만 하면

52

연기를 시작했다. 만면에 미소를 띠고 참을성 있는 목소리로 으레 그러듯, 건강, 아이들, 채마밭에 대해 질문했다. 다시 부엌으로 들어올 때면 미소는 싹 사라졌고, 〈딴 데서 조금 덜 비싼 곳을 찾아낸다면〉 언제라도 자신을 떠나리라고 의심하는 사람들을 위해 자신의 역할을 다하느라 기진맥진해서, 그리고 그런 사람들에게 그토록 많은 노력을 기울여야 하니 씁쓸함과 환희가 갈마들어, 잠시 아무 말도 하지 않고 가만히 있었다. 사람들이 전부 알아보는 어머니, 요컨대 그녀는 공인이었다. 기숙 학교에서 나를 칠판 앞으로 불러내면 생기는 일. 〈어머니가 약간 명에게 커피 열 봉지를 판다면〉 등등(〈어머니가 약간 명에게 아페리티프 세 잔을 판다면〉이라는 또 다른 예는, 그 또한 실제로 일어남에도 당연히 언급 금지).

그녀는 요리를 하고, 〈살뜰하게〉 살림을 살 시간이 전혀 없었다. 학교 가기 직전에 옷을 입고 있는 상태에서 옷에 직접 달아 주는 단추, 막 입으려는 순간에 테이블 한구석에서 다려 주는 블라우스. 새벽 5시에 그녀는 타일 바닥을 닦고 물건들을 진열했고, 여름이면 카페 문을 열기 전에 장미 화단의 잡초들을 뽑았다. 그녀는 기운차고 재빠르게 일했고 힘든 일들, 덩치 큰 빨랫감 세탁, 쇠 수세미로 침실 마루 닦기에서 가장 강한 자부심을 느끼기도 했지만 몹시 투덜거리기도 했다. 그녀로서는 〈난 앉아 있을 자격이 충분해〉와 같은 변명 없이는 쉬고 책 읽는 것이 불가능했다(그러고도 손님이 들어와서 읽기가 중단된 연재소설은 수선해야 할 옷 더미 밑에 감췄다). 그녀와 아버지 사이에서 벌어지는 말다툼의 주제는 늘 한 가지. 각자가 해치운 일의 양. 그녀는 항의했다. 「이곳에서 일은 내가 다 하지.」

아버지가 유일하게 읽는 것은 지역 신문이었다. 아버지는 〈자기 자리〉라고 느껴지지 않는 장소들을 거부했고, 많은 것들에 대해 그런 것은 자신을 위한 것이 아니라고 말해 버릇했다. 그는 채마밭, 도미노, 카드, 간단한 목공 일을 좋아했다. 〈훌륭하게 말하기〉에는 관심이 없었고, 꿋꿋하게 사투리 표현들을 사용했다. 어머니로 말하자면, 말할 때 실수하지 않으려고 노력했고, 〈내 남편〉이라고 말하지 않고 〈내 배우자〉라고 말했다. 그녀는 대화 중에 익숙하지 않지만 〈훌륭한 사람들〉이 말하는 것을 읽거나 들어 봤던 표현들을 용감하게 사용해 봤다. 그때의 머뭇거림, 틀릴까 봐 겁이 나 얼굴에 떠오르는 홍조, 그러고 나면 그 〈거창한 단어들〉에 대해 놀려 대는 아버지의 웃음소리. 일단 자신이 생기면 기꺼이 그 말들을 되풀이 사용했고, 문학적이라고 생각되는 비유들(〈그 사람 조각난 마음을 칭칭 동여맸어!〉 혹은 〈우리는 철새들일 뿐이야……〉)일 경우에는 우쭐거림을 입안에서 누그러뜨리려는 듯 미소를 띠었다. 그녀는 〈아름다운〉 것, 〈화려한〉 것, 누벨 갈르리보다 더 〈세련된〉 프랭탕 백화점을 좋아했다. 물론, 안과 전문의를 찾아가면, 그곳의 양탄자와 그림들에 남편만큼 강한 인상을 받았지만 늘 거북함을 극복하려고 함. 그녀가 빈번하게 사용하는 표현들 가운데 하나. 〈그냥 뻔뻔하게 밀어붙였지〉(이런 일 혹은 저런 일을 하기 위해). 새로운 옷차림이나 외출하기 전 정성 들인 화장에 대해서 아버지가 잔소리라도 할라치면 쏘아붙이던 말. 「사람은 자기 지위에 맞게 처신해야 한다고요!」

어머니는 배움 — 예의범절들(예의범절에 어긋나는 것에 대한 극심한 두려움, 관례에 대한 끊임없는 불안), 요즘 벌어지는 일들, 위대한 작가들의 이름, 최신 상영작(하지만 시간이 없어서 영화관에 가지 않았다), 공원의 꽃 이름들 — 을 열망했다. 누군가 자신이 모르는 것에 대해 말하면 호기심 때문에, 자신이 지식을 향해 열려 있다는 것을 보여 주고 싶어서 주의 깊게 들었다. 정신적으로 향상된다는 것, 그녀에게 그것은 우선 배우는 것이었고(그녀가 말하기를, 〈정신을 풍요롭게 해야 한다〉), 그 어떤 것도 지식보다 더 아름다운 것은 없었다. 책이 그녀가 유일하게 조심스럽게 다루는 물건이었다. 책을 만지기 전에는 손을 씻었다.

그녀는 나를 통해 배움에 대한 열망을 추구했다. 저녁이면 식탁에서, 학교에 대한, 그리고 학교에서 교사들이 뭘 가르쳤는지에 대한 이야기를 시켰다. 내가 사용하는 표현들, 〈특활〉 혹은 〈음미체〉를 사용하며 즐거워했다. 어머니가 〈바르지 않게〉 말하면 내가 〈바로잡아 주는〉 것을 당연하다고 여기는 것 같았다. 내게 더 이상 〈새참〉을 먹겠냐고 묻지 않고 〈간식〉을 하겠냐고 물었다. 그녀는 나를 루앙으로 데리고 가서 역사적 기념물들과 박물관을, 빌키에로 데리고 가서 위고 가문의 무덤들을 보여 줬다. 언제라도 감탄할 준비가 되어 있음. 서점 주인이 권해서 내가 읽고 있는 책들을 그녀도 읽었다. 하지만, 가끔씩은 손님이 잊어버리고 놓고 간 『르 에리송』* 또한 훑어보다 웃음을 터뜨리며, 〈이건 어리석긴 하지만 사람들은 어쨌든 읽지 않니!〉 (그녀는 나와 같이 박물관으로 가면서 어쩌면 이집트의 단지들을 바라보는 만족감보다는, 자신이 알기로는 교양 있는 사람들이라면 갖추고 있는 지식과

* *Le Hérisson*. 1936년에 창간된 코믹 주간지.

취향을 갖게끔 나를 부추긴다는 데서 더 많은 자부심을 느꼈을 것이다. 대성당의 횡와상들, 어느 날 내던져 버린 『콩피당스』 대신 디킨스와 도데, 이것들은 아마도 자신의 행복보다는 나의 행복을 위한 것인지도 몰랐다.)

나는 어머니가 아버지보다 더 우월하다고 생각했다. 내가 보기에 그보다는 그녀가 학교 선생님들과 보다 비슷했으니까. 그녀 안의 모든 것, 권위, 욕망, 야심이 학교로 방향을 틀었다. 우리 사이에는 독서, 내가 그녀에게 읊어 주는 시, 루앙의 찻집에서 파는 케이크를 둘러싼 은밀한 공모의 느낌이 있었고, 그는 거기에서 제외되었다. 그는 축제와 서커스, 페르낭델의 영화로 나를 이끌었고, 자전거 타는 법과 채마밭의 야채들을 구별하는 법을 가르쳐 줬다. 그와는 재미나게 놀았고, 그녀와는 〈대화들〉을 나눴다. 둘 중에 그녀가 주도권을 쥔 인물, 바로 법이었다.

50대를 향해 가면, 좀 더 굳은 표정들. 늘 활기차고 강하고 관대하며, 금발 혹은 적갈색 머리. 하지만 손님들에게 웃어 보이지 않아도 될 때면 종종 기분이 거슬린 얼굴. 자신들의 삶의 조건(재건된 시내 중심부에 새 상점들이 들어섰고, 이는 마을의 소상인에게는 위협이었다)에 대한 분노를 터뜨리려고, 별것 아닌 사건이나 하찮은 어떤 생각을 빌미 삼아 형제자매와 다투는 경향. 외할머니의 죽음 뒤로 그녀는 오랫동안 상복을 입었고, 주중에 일찍 미사에 가는 습관을 들였다. 그녀가 품고 있던 〈낭만적인〉 그 무엇이 활짝 피어났다.

1952년. 어머니 나이 마흔여섯에 맞는 여름. 우리는 에트르타에서 하루를 보내려고 관광버스를 타고 그곳으로 갔다. 그녀가 풀숲을 헤치며 절벽을 오른다. 커다란 꽃무늬가 든 푸른색 크레이프 천으로 만든 원피스 차림이다. 마을 사람들의 눈을 의식해 상복을 입고 출발했다가 바위 뒤에서 갈아입은 것이다. 나보다 늦게 정상에 오른 그녀는 숨이 턱에 닿고 분 바른 얼굴 위로 땀이 번들거린다. 그녀는 두 달 전부터 더 이상 생리혈이 보이지 않고 있었다.

청소년기에 들어선 나는 그녀에게서 떨어져 나왔고, 우리 둘 사이에는 투쟁만이 존재했다.

그녀가 젊었던 시절에는, 타락과 연관 지어서가 아니라면 그 누구도 처녀 아이들의 자유라는 생각 자체를 제기하지 않았었다. 사람들은 〈젊은 애들 귀에〉 들어가서는 안 되는 외설스러움이나, 행실이 좋다 혹은 나쁘다라는 사회적 판단으로만 성에 관한 이야기를 했다. 그녀는 내게 아무런 이야기도 해주지 않았고, 호기심을 품는 것만으로도 이미 악의 길로 들어선 것으로 간주했기에, 나는 할 수 있었다 해도 어머니에게 그 무엇도 물을 엄두를 내지 못했을 것이다. 생리가 시작되었다고 그녀에게 털어놓고, 그 앞에서 처음으로 그 말을 입에 올려야 할 순간이 왔을 때 내가 느꼈던 불안, 그리고 어떻게 착용하는지에 대한 아무런 설명도 없이 내게 생리대를 내밀 때 그 얼굴에 떠오른 홍조.

그녀는 내가 자라는 것을 보고 싶어 하지 않았다.

내가 옷을 벗고 있는 모습을 보게 되면, 내 몸에 역겨움을 느끼는 것 같았다. 아마도 가슴과 엉덩이가 생긴다는 것이 내가 남자애들 뒤나 쫓아다니며 더 이상 공부에 흥미를 보이지 않게 된다는 그러한 위협을 의미하는 듯했다. 그녀는 열네 살이 일주일 남았을 때에도 내가 열세 살이라고 말하고, 주름치마에 발목까지 오는 짧은 양말에 납작한 신발을 신겨 가면서 나를 아이인 상태로 데리고 있으려고 했다. 열여덟 살 때까지 우리 둘이 다툰 이유의 대부분은 외출 금지, 옷 선택을 둘러싼 것이었다. (밖에 나갈 땐 거들을 입으면 좋겠다고 거듭 되뇌기.「그러면 옷태가 훨씬 더 잘 살 텐데.」) 그녀는 그 주제를 놓고 남이 보기에도 지나치다 싶게 과도하게 화를 냈다. 내 보기에는 정상적인데도, 〈어쨌든 그렇게는(그런 원피스, 그런 머리 모양, 등등) 외출 못 한다〉. 우리는 둘 다 서로의 속을 훤히 꿰뚫어 보고 있었다. 그녀, 남자애들에게 잘 보이고 싶어 하는 나의 열망을. 나, 〈내게 불행한 일이 닥치고 말 거다〉, 그러니까 아무하고나 잠자리를 같이 하고 임신이 될 거다라는 어머니의 강박관념에.

가끔씩, 그녀가 죽는다 해도 그것이 내게 아무런 영향을 미치지 못할 거라는 상상을 했다.

이 글을 쓰면서 때로는 〈좋은〉 어머니를, 때로는 〈나쁜〉 어머니를 본다. 유년기의 가장 먼 곳에서부터 올라오는 이 흔들림에서 벗어나기 위해 마치 어떤 다른 어머니와 내가 아닌 어떤 다른 딸의 이야기인 것처럼 묘사하고 설명하려고 한다. 그래서 가능한 한 가장 객관적인 방식으로 글을 써나가고 있지만, 내게 몇몇 표현들은(〈그러다가 네게 불행한 일이 닥치면!〉) 추상적인 다른 표현들(예를 들자면 〈육체와 성의 거부〉)과는 다르게 객관적이 되지 않는다. 그것들을 떠올리는 순간, 나는 열여섯 살 때 꼭 그랬듯이 여전히 의기소침한 기분을 느끼고, 내 인생에 가장 많은 영향을 미쳤던 그 여자와 할례 시술사가 클리토리스를 절제하는 동안 등 뒤로 어린 딸아이의 팔을 꼭 붙들고 있는 아프리카의 어머니들을 순간적으로 혼동한다.

그녀는 더 이상 나의 모델이 아니었다. 나는 『레코드 라 모드』를 넘기면 만나게 되는 여성스러운 이미지를 민감하게 의식하게 되었다. 프티부르주아인 학급 친구들의 어머니들은 그러한 여성적 이미지에 가까워서 날씬하고, 행동이 점잖고, 요리를 잘하고, 자신들의 딸을 다정하게 〈사랑하는 딸〉이라고 불렀다. 내 어머니는 너무 요란스럽다는 생각이 들기 시작했다. 나는 어머니가 다리 사이에 병을 끼고서 병마개를 딸 때면 눈길을 돌려 버렸다. 나는 그녀가 말하고 행동하는 거친 방식이 부끄러웠는데, 내가 얼마나 그녀와 닮았는지 느끼고 있는 만큼 더더욱 생생한 부끄러움을 느꼈다. 다른 세계로 옮겨 가고 있는 나는 내가 더 이상 보여 주고 싶지 않은 모습이 여전히 내 모습인 것에 대해서 어머니를 원망했다. 그리고 교양을 갖추려는 욕망과 실제로 교양을 갖추고 있다는 사실 사이에 깊은 구렁텅이가 존재함을 깨달았다. 내 어머니는 반 고

호가 누구인지를 말하자면 사전을 필요로 했고, 위대한 문호들에 대해서는 이름만 알고 있었다. 그녀는 내 학업이 어떻게 진행되는지 몰랐다. 나는 어머니를 너무나 찬미해 왔었기에, 나를 곁에서 지원해 주지 못하는 것에 대해서, 내가 그 누구의 도움도 받지 못한 채 집에 서재가 있는 친구들과 학교라는 세계에 방치된 것에 대해서, 〈누구랑 있었니? 적어도 공부는 하고 있지〉라며 자신의 불안과 의심을 쓸데없는 짐으로 안겨 줄 뿐인 그녀를 아버지보다 더 원망했다.

우리는 매사에 다투는 어조로 서로에게 말을 건넸다. 이제는 불가능해져 버린 둘만의 은밀한 교감을 전처럼 유지하려는 그 모든 시도(〈자기 어머니에게 못할 말이 뭐 있니〉)에 침묵으로 맞섰다. 만약 내가 어머니에게 학업과 관련되지 않은 욕구들(여행, 스포츠, 깜짝 파티)에 대한 이야기를 꺼내거나 정치에 대해 논하기 시작하면(알제리 전쟁 시기였다) 처음에는 즐겁게 듣고 내가 자신에게 속내 이야기를 털어놓은 것에 대해 행복해하다가 갑자기 난폭하게 쏘아붙였다. 「그런 일들 때문에 그만 열 내라. 학교가 우선이야.」

나는 사회적 관습들, 종교적 제례, 돈을 경멸하기 시작했다. 랭보와 프레베르의 시들을 베껴 적었고, 공책 표지에 제임스 딘의 사진들을 붙였으며, 브라생스의 「좋지 않은 평판」을 들었고, 권태를 알아 가고 있었다. 나는 내 부모가 부르주아들이기라도 한 양 낭만적인 방식으로 청소년기의 반항을 겪고 있었다. 나는 이해받지 못하는 예술가들과 스스로를 동일시했다. 내 어머니로서는 반항한다는 것의 유일한 의미는 가난을 거부한다는 것이었고, 그 유일한 형식은 노동하고 돈을 벌고 남들만큼 훌륭하게 되는 것이었다. 여기서부터 어머니가 나의 태도를 이해하지 못하는 것만큼이나 나 역시 그녀를 이해하지 못한다는 그 씁쓸한 비난이 비롯됨. 「누군가 너를 열두 살에 공장에 처넣어 버렸다면 너도 그렇게는 못할 거다. 넌 네가 누리는 행복을 몰라.」 그리고 또, 종종 나에 대한 분노 섞인 생각. 「저런 물건이 사립 기숙 학교엘 다니다니. 다른 것들보다 더 나을 것도 없건만.」

어떤 순간들에는 자기 앞에 있는 딸 속에 계급의 적이 있었다.

나는 떠날 수 있기만을 꿈꿨다. 그녀는 내가 루앙의 고등학교에, 나중에는 런던에 가는 걸 막지 않았다. 내가 자신보다는 더 나은 삶을 누릴 수 있다면 어떤 희생이든, 심지어 어머니로서는 가장 큰 희생인 나와 떨어져 지내는 것마저도 감수할 준비가 됨. 그녀의 시선으로부터 멀어지자, 나는 금지당했던 것들의 밑바닥까지 내려가 봤고, 음식들을 잔뜩 먹어 댔고, 그러고는 현기증이 일 때까지 몇 주고 굶어도 보았고, 그러고 나서야 자유롭다는 것을 알게 되었다. 문과 대학 학생이 된 내게 남아 있는 그녀의 이미지는 고함과 폭력이 사라진 정제된 것이었다. 나는 그녀의 사랑에 대해 확신했다. 또한 그녀가 아침부터 저녁까지 감자와 우유를 팔아 댄 덕분에 내가 대형 강의실에 앉아 플라톤에 대해 말하는 것을 듣고 있다는 그 부당함에 대해서도.

나는 그녀와 헤어져 있다가 다시 만나는 것이 만족스러웠고, 그녀가 그립지 않았다. 특히 그 곁으로 돌아갈 때는 남자들과의 일로 불행해졌을 때였지만, 그런 일들을 털어놓을 수는 없었다. 이제 그녀가 내게 그 여자애가 어떤 남자들을 사귄다더라, 유산을 했다더라 하는 이야기를 속닥거리면서, 마치 내가 그런 이야기들을 들을 나이가 되었고, 그렇지만 그런 일들이 나와 관계될 일은 절대로 없을 거라고 합의라도 본 듯 굴었다 해도 말이다.

내가 집에 도착할 때면 그녀는 판매대 겸 계산대 뒤에 있었다. 손님들이 뒤를 돌아봤다. 어머니는 약간 얼굴을 붉히고 미소를 지었다. 우리는 마지막 손님이 떠나고 나서야, 부엌에서 키스를 나눴다. 여행과 학업에 관한 질문들. 그러고는 〈빨랫감 있으면 내놓으렴〉, 〈네가 떠난 뒤로 신문들 다 모아 놨다〉. 우리 사이에 존재하는 것은 더 이상 함께 살지 않는 사람들 사이에서 보이는 친절, 거의 수줍음이라고 할 만한 것들. 여러 해 동안 나와 그녀의 관계는 떠났다가 돌아감의 반복에 머물렀다.

아버지는 위 수술을 했다. 쉽게 피곤해했고, 더 이상 상자들을 들어 올릴 힘이 없었다. 그녀가 전부 도 맡았고, 불평 한마디 없이, 거의 만족한 듯이 두 사람 몫의 일을 해냈다. 내가 함께 있지 않게 된 뒤로 두 사람은 덜 다퉜고, 사이가 보다 친밀해졌다. 그녀는 종종 자신의 남편을 〈아버지〉라고 다정하게 불렀으며, 흡연 같은 그의 습관들에 대해서도 보다 타협적이 되어서, 「그이도 자그마한 즐거움 하나쯤은 있어야지.」 여름이면 일요일마다 자동차를 타고 시골길을 돌아다니거나 사촌들을 방문했다. 겨울이면, 저녁 예배에 참석하고 나서 노인네들의 안부를 물으러 다녔다. 그러고는 시내를 가로질러 돌아왔는데, 영화가 끝난 뒤 젊은이들이 몰려드는 상가에서 텔레비전을 바라보느라고 미적거리곤 했다.

고객들은 여전히, 그녀가 아름다운 여인이라고 말했다. 늘 머리를 염색하고 하이힐을 신었지만, 턱에는 남몰래 태워 버리는 잔털이 보였고, 이중 초점 안경을 썼다. (이런 신호들을 보면서, 자신에 비해 나이 적은 그녀가 나이 차를 따라잡는 것을 보면서 아버지가 느끼는 은밀한 만족감, 장난기.) 어머니는 현란한 색깔의 가벼운 원피스들을 더 이상 입지 않았고, 심지어 여름에도 회색이나 검은색 정장만 입었다. 보다 편하게 치마 안에 블라우스를 집어넣지 않았다.

스무 살 때까지 나 때문에 그녀가 늙는다고 생각했다.

사람들은 내가 어머니에 대해 글을 쓰고 있다는 것을 모른다. 그런데 나는 어머니에 대해 글을 쓰는 것이 아니다. 차라리, 어머니가 살아 있는 시간과 장소에서 어머니와 함께 살아간다는 느낌이다. 가끔씩 집에서 어머니가 소유했던 물건들과 맞닥뜨리는 일이 벌어진다. 그저께는, 밧줄 제조 공장에서 기계 때문에 휘어 버린 손가락에 끼었던 골무였다. 곧 어머니의 죽음에 대한 의식이 밀려들며, 나는 어머니가 결코 다시는 존재할 수 없는 진짜 시간 속에 놓인다. 그러한 상황에서 책을 〈낸다〉는 것은 돌이킬 수 없는 어머니의 죽음이라는 의미 말고는 아무런 의미가 없다. 미소를 지으며 〈다음 번 책은 언제쯤 나올 건가요?〉, 묻는 사람들에게 욕설을 퍼붓고 싶은 욕구.

그녀로부터 멀리 떨어져 살고 있다 해도 내가 결혼하지 않는 한 나는 여전히 그녀에게 속해 있었다. 친척이나 고객이 나에 대해 물어 오면 어머니는 대답했다. 「아직 결혼할 시간이야 충분하죠. 글쎄, 그 나이에 남자를 몰라.」 그러고는 커다란 목소리로 부리나케 덧붙이기를, 「걔를 데리고 있을 생각은 없어요. 남편과 자식들이 있어야 제대로 사는 거지.」 어느 여름, 보르도에서 정치학을 공부하는 학생과 결혼할 계획임을 알리자, 어머니는 떨며 얼굴을 붉혔고, 반대할 거리를 찾았고, 평소 같았으면 시대에 뒤떨어진 짓이라고 했을 시골 사람 특유의 불신까지 다시 내비쳤다. 「이곳 출신이 아니잖니.」 그러더니 보다 차분해지고, 심지어 만족스러워함. 결혼이 사람들의 신분을 구별할 때 중요한 지표 노릇을 하는 작은 마을에서, 사람들이 내가 〈노동자를 골랐다〉고는 말하지 않을 테니까. 우리 둘은 숟가락, 구입할 냄비 세트, 〈중대한 그날〉의 준비물들을 둘러싸고, 훗날에는 아이들을 둘러싸고 새로운 형태의 은밀한 교감으로 묶였다. 우리 사이에 더 이상 다른 형태의 교감은 존재하지 않을 것이다.

　내 남편과 나, 우리는 비슷한 수준의 학력을 지녔고, 사르트르와 자유에 대해 토론했으며, 안토니오니의 「정사L'Avventura」를 보러 갔고, 정치적 의견은 똑같이 좌파적이었지만, 같은 세계 출신은 아니었다. 그가 속한 세계를 보면, 그 세계 사람들은 대단한 부자는 아니었지만 대학 교육을 받았고, 모든 것에 대해 자신의 의견을 훌륭하게 밝혔고, 브리지 게임을 즐겼다. 나의 어머니와 동갑인 남편의 어머니는 여전히 날씬한 몸매에 얼굴에는 윤기가 흘렀고, 손은 말끔하게 손질되어 있었다. 그녀는 어떤 악보를 가져다줘도 칠 수 있었고, 〈접대〉하는 법을 알고 있었다(실크 블라우스를 걸치고 진주 목걸이를 건 50대 여인, 텔레비전 통속극에서 볼 수 있는 〈매력적으로 순진한〉 타입의 여자들).

나의 어머니는 이 세계에 대해, 훌륭한 교육과 우아함과 교양이 그녀에게 불러일으킨 찬탄과, 자신의 딸이 그 세계의 일부가 되는 것을 보며 느끼는 자부심과, 겉으로는 절묘한 예의범절을 보여 주면서 속으로는 자신을 경멸하지 않을까 하는 두려움 사이에서 갈팡질팡했다. 「살림을 야무지게 살아야 한다. **쫓겨나서는 안 된다.**」 이 한 문장, 결혼식 전날 내게 말했던 이 한 문장. 그 속에, 자신이 그 세계와 어울리지 않는다는 느낌과 여전히 나를 그러한 감정에 결부시키고 있음(그러한 감정이 지워지려면 아직도 한 세대가 더 지나가야 했던 모양이다)이 전부 드러남. 그리고 몇 년 전에 나의 시어머니에 대해 한 말. 「**우리처럼 자라지 않았다는 게 훤히 보인다.**」

어머니는 자기 자체로는 사랑받지 못할까 봐 두려워하며, 자신이 주려는 것으로 사랑받기를 바랐다. 우리 학업이 끝나는 마지막 해에는 재정적으로 우리를 도우려고 했고, 나중에는 우리가 무엇을 받으면 좋아할지에 대해 늘 염려했다. 나머지 또 다른 가족은 유머와 독창성을 지녔고, 뭔가를 해줘야 한다는 생각은 하지 않았다.

우리는 보르도로 가서 살다가, 남편이 행정 관료직을 얻는 바람에 안느시로 갔다. 40킬로미터 떨어진 곳에 있는 산악 지역 고등학교에서의 강의와 아이 하나와 부엌 사이에서 이번에는 내가 시간이 없는 여자가되었다. 어머니 생각을 거의 하지 못했고, 어머니는 결혼 전의 내 삶만큼이나 먼 존재였다. 나는 그녀가 보름마다 보내오는 편지들, 〈사랑하는 아이들아〉로 시작하며, 우리들을 도울 수 있게 가까운 곳에서 살지못하는 것이 안타깝다고 끊임없이 되풀이하고 있는 편지들에 대해 짤막하게 답장했다. 나는 1년에 한 번, 여름이 되면 며칠 동안 그녀와 함께 지냈다. 나는 안느시, 아파트, 스키장을 묘사해서 보냈다. 어머니는 아버지와 함께 우리들의 안부를 확인했다. 「너희들 모두 잘 있구나. 그게 가장 중요한 거지.」 둘만 머리를 맞대고 있게 되면, 어머니는 내 남편, 그리고 나와 그와의 관계에 대해 속내 이야기를 털어놓기를 바라는 것 같았고, 그 무엇보다도 뇌리에서 떠나지 않을 이 질문, 〈적어도 그가 그 애를 행복하게 해주겠지?〉에 대해 내가 침묵을 지켜서 실망한 것처럼 보였다.

   1967년, 아버지가 심근 경색으로 4일 만에 사망했다. 나는 그 순간들을 글로 표현할 수 없다. 다른 책에서 이미 그 이야기를 했다. 그러니까, 다른 말들을 사용하고 순서를 달리하여 다른 이야기를 만든다는 것은 절대로 가능하지 않으리라. 아버지가 죽음을 맞은 뒤 그 얼굴을 씻기고, 팔에 깨끗한 와이셔츠의 소매를 끼우고, 일요일에 꺼내 입던 정장을 입히던 그녀의 모습이 지금도 눈에 선하다는 말만 할 수 있을 뿐. 그녀는 그런 일을 하는 동시에, 어린아이를 씻기고 재우듯이 다정한 말들로 그를 달랬다. 나는 군더더기 없이 정확한 그 동작들 앞에서, 그가 자신보다 먼저 세상을 뜨리라는 걸 그녀가 늘 알고 있었다는 생각을 했다. 첫날 저녁, 그녀는 여전히 그의 옆자리에서 잠을 청했다. 그녀는 장의사가 시신을 옮길 때까지, 그가 병상에 있었던 나흘 동안과 마찬가지로 고객들을 맞는 사이사이 그를 보러 올라갔다.

매장 직후 그녀는 지치고 슬퍼 보였고, 이렇게 털어놨다. 「반려자를 잃는다는 건 힘든 일이구나.」 그녀는 이전과 마찬가지로 장사를 계속했다. (신문에서 〈절망은 사치다〉라는 글귀를 막 읽었다. 나는 책을 쓸 시간과 형편이 되니, 어머니를 잃고 난 뒤 쓰고 있는 이 책 또한 사치일 것이다.)

그녀는 친척들을 더 자주 만났고, 가게에 들르는 젊은 여인들과 오랜 시간 수다를 떨었고, 젊은이들이 점점 더 많이 들락거리게 된 카페를 더 늦게까지 열어 뒀다. 그녀는 많이 먹었고, 다시 몹시 건장해지고 수다스러워졌으며, 아가씨처럼 자기 얘기를 털어놓는 경향이 생겼고, 홀아비 두엇이 자신에게 관심을 보였다는 얘기를 하면서 으쓱거렸다. 1968년 5월의 전화 대화. 「여기도 들썩거리는구나. 여기도 들썩인다고!」 그러더니 다음 해 여름, 질서 확립 쪽으로 선회(훗날, 파리에서 급진 좌익분자들이 식료품점 포숑을 뒤집어 놓았다는 소식에 분개함. 그녀는 포숑을 자신의 식료품점과 비슷한 걸로, 그저 규모가 좀 더 큰 걸로 생각하고 있었다).

편지들을 받아 보면, 그녀는 자신에게는 심심할 틈이 없다고 장담했다. 하지만 속에 품고 있는 유일한 바람, 그것은 나와 함께 사는 것. 어느 날엔가 수줍게 건넨 말. 「내가 너네한테 간다면 집안일을 도맡아 해 줄 텐데.」

안느시에서 어머니를 생각할 때면 죄책감이 들었다. 우리는 〈부르주아다운 커다란 주택〉에서 살고 있었고, 둘째 아이가 있었다. 그녀는 그 무엇도 누리지 못했다. 나는 그녀가 안락한 생활을 누리면서 손주들과 함께하는 모습을 상상했다. 그녀가 나를 위해 그런 삶을 바랐던 만큼 본인 또한 그런 삶을 즐기리라고 생각했다. 1970년, 그녀는 구매자가 아무도 나서지 않자, 영업권은 포기하고 개인 주택으로 카페를 매각해 버리고, 우리 집으로 왔다.

날씨가 온화한 1월의 어느 날이었다. 그녀는 내가 중학교에 가 있는 동안 이사 트럭을 대동하고 오후에 도착했다. 집에 돌아오니, 가구와 팔고 남은 통조림들을 나르는 것을 감독하면서 돌쟁이 손자를 안고 정원에 나와 있는 모습이 보였다. 그녀는 머리카락이 온통 센 채 활기가 넘쳐서 웃어 댔다. 멀리서부터 나를 보고 소리쳤다. 「안 늦었네!」 나는 대번에 심란해지고 말았다. 〈이제 늘 어머니가 보는 앞에서 살아가게 생겼구나.〉

초기에 그녀는 예상했던 것보다는 덜 행복했다. 졸지에 장사꾼으로서의 삶이 끝이 났다. 더불어, 지불 만기에 대한 불안, 피로, 그뿐만 아니라 손님들의 왕래와 그들과의 대화, 〈자신의〉 돈을 번다는 자부심 역시. 그녀는 이제 〈할머니〉일 뿐이었다. 시내에 나가도 자신을 아는 사람이 아무도 없었고, 말할 사람이라고는 우리밖에 없었다. 갑작스럽게 세계가 우중충해지고 졸아들었으며, 그녀는 스스로를 하찮은 존재로 여겼다.

그리고 이것도. 자식네에 얹혀산다는 것, 그것은 그녀가 자랑스러워했던 생활 방식(친척들에게 하던 말. 〈걔네는 아주 잘산다고!〉)을 공유하는 것이었다. 그것은 또한, 현관 입구의 라디에이터 위에서 걸레 말리지 않기, 〈물건들을 조심스럽게 다루기〉(레코드판, 크리스털 화병), 〈위생〉에 신경 쓰기(자신의 손수건으로 아이들 코를 풀어 주지 않기)였다. 사회면 기사, 범죄, 사건 사고, 이웃과 좋은 관계 유지하기, 다른 사람들을 〈방해〉하게 될까 봐 계속 마음 쓰기 등(웃음조차 이런 잔 근심의 범주에 들어간다는 것에 충격을 받았다) 자신은 중요하게 여기는 것을 나머지 사람들이 중요하게 여기지 않는다는 것을 발견함. 그것은, 한쪽으로는 자신을 받아들이면서 다른 쪽으로는 자신을 내쫓는 세계 속에서 사는 것. 어느 날, 분통을 터뜨리며

한 말. 「이 그림 속에서 나 혼자 뛰는구나.」

그래서 전화기 근처에 있으면서도 전화를 받지 않았고, 사위가 텔레비전으로 경기를 보고 있을 뿐인데도 거실로 들어가기 전에 여봐란 듯 노크를 했고, 끊임없이 일거리를 요구했다. 「내게 아무 할 일도 주지 않는다면 떠날 수밖에.」 그리고 농반 진반, 「자리 값은 해야지!」 우리 둘 다 그런 태도를 놓고 말다툼을 벌였고, 나는 어머니에게 일부러 비굴하게 군다고 나무랐다. 내가 청소년기에 〈우리보다 더 나은 환경〉에 놓였을 때 느꼈던 불편함, 그 감정을 그녀가 내 집에서 느끼고 있다는 것을 이해하는 데 오랜 시간이 걸렸다(마치 〈열등한 사람들〉만이 다른 사람들은 대수롭지 않게 여기는 차이점들로 힘들어한다는 듯이). 그리고 그녀는 본능적으로 스스로를 가정부로 여기는 것처럼 굴면서, 「르몽드」 신문을 읽고 바흐를 듣는 딸과 사위의 실질적, 문화적 지배를 고용주와 노동자 사이의 경제적, 가상적 지배로 바꾸어 버렸다. 반항하는 나름의 방식.

그녀는 손자들을 돌보고 일정 정도 살림을 맡아 하

는 데서 에너지와 열정을 쏟아부을 방도를 찾아냈고, 그러면서 적응하게 되었다. 어머니는 모든 육체적 노동으로부터 나를 해방시켜 주려고 애썼고, 내가 요리와 장보기를 담당하고 자신이 사용하기를 겁내는 세탁기를 돌리는 것을 두고 볼 수밖에 없는 것에 대해 안타까워했다. 자신이 인정받는 분야, 스스로가 유용하다는 것을 알고 있는 분야는 단 한 곳도 타인과 나누고 싶어 하지 않았다. 전과 마찬가지로, 사람들의 도움을 거부하는 어머니였고, 내가 내 두 손을 써서 일하는 모습에 여전히 거부감을 지닌 어머니였다. 「내버려 둬. 그런 일 말고도 더 중요한 일들이 있잖니.」 (그러니까, 열 살 때라면 학과목 복습하기. 지금은 강의 준비하기, 지식인처럼 행동하기.)

또다시 우리는, 짜증과 항시적 불만이 뒤섞여 자칫 우리가 다투는 것처럼 보이게 만들며, 어느 나라 말로 대화가 이루어지든 간에 모녀 사이에서 즉각 알아들을 수 있는 특별한 어조로 서로에게 말을 건네고 있었다.

그녀는 손자들을 예뻐했고, 그들에게 한없이 헌신했다. 오후면 유모차에 막내를 태우고 시내 탐방을 떠났다. 이 성당 저 성당에 들어가 보고, 장이 선 곳에서 여러 시간을 보내고, 구 시가지를 돌아다니다가 저녁이 되어서야 돌아왔다. 여름이면 손자 둘을 데리고 안느시 르 비외 언덕에 올랐고, 호숫가로 데리고 갔으며, 사탕과 아이스크림, 목마에 대한 손자들의 욕구를 채워 줬다. 어머니는 공원 벤치에서 안면을 트게 된 사람들과 정기적으로 만났고, 거리의 빵집 여인과 수다를 떨면서 다시 자신만의 세계를 구축해 나갔다.

그리고 어머니는 「르몽드」신문과 「르 누벨 옵세르바퇴르」잡지를 읽었고, 친구 집에 〈차를 들러〉 갔고 (웃으며, 〈난 그런 걸 좋아하지 않지만 아무 소리 안 했단다!〉), 고가구에 흥미를 보이기 시작했다(〈그건 값나가는 걸 거다〉). 더 이상 거친 말은 단 한 마디도 입에서 튀어나오지 않았고, 물건들을 〈조심스럽게〉 다루려고 애를 썼다. 한마디로, 스스로를 〈감시〉하고 자신의 폭력성을 억눌렀다. 심지어, 자기 세대의 부르주아 여인들에게는 젊어서부터 주입되었던 그 지식을, 완벽한 집안 살림 요령을 뒤늦게나마 따라잡은 것에 대해 느끼는 자부심.

이제 그녀는 더 이상 검은색을 걸치지 않았고 밝은 색만을 걸쳤다.

1971년 9월에 찍은 사진을 보면, 환한 표정에 아라베스크 문양이 프린트된 로디에 표 블라우스를 입고 있고, 몸은 전보다 날씬하며 머리는 새하얗게 세었다. 어머니는 앞에 서 있는 손자들 어깨 위에 손을 올려놓고 있다. 두 손은 여전하여, 결혼 직후 찍은 사진에서 봤던 그 넓적하고 굽은 두 손이다.

1970년대 중반, 내 남편이 파리 외곽 지역에 한창 조성 중인 신도시에서 좀 더 중요한 직책을 맡게 되는 바람에 그녀 또한 우리를 따라 그 지역으로 갔다. 우리는 평평하고 너른 지역에 새로 조성된 주택 단지 내의 빌라에서 살았다. 상가와 학교가 2킬로미터나 떨어져 있었다. 저녁이나 되어야 마을 사람들이 보였다. 주말이면 사람들이 세차를 하고 차고에 선반을 설치

했다. 휭하고 사람들의 시선에서 놓여난 곳이어서, 그 곳에서는 느끼는 법도 생각하는 법도 없이 떠다니는 것 같았다.

그녀는 그곳에서 사는 것에 익숙해지지 않았다. 오후가 되면, 레 로즈가(街)와 레 종키유가, 레 블뢰에가를 돌아다녔지만 거리는 휭했다. 어머니는 안느시의 친구들과 친척들에게 수도 없이 편지들을 써서 부쳤다. 가끔 그녀는 온통 파헤쳐 놓는 바람에 자동차들이 지나가면 흙탕물을 뒤집어쓰게 되는 길들을 지나, 고속도로 건너편에 있는 르클레르 대형 슈퍼마켓까지 진출했다. 그러고는 얼굴이 굳어서 돌아왔다. 아무리 사소한 게 필요해도, 가령 스타킹 한 짝 살 일이나 미사나 미장원에 갈 일이 있어도 나와 내 차에 의존해야 한다는 것이 어머니에게 부담이 되었다. 어머니는 짜증을 냈고 항의했다. 「사람이 어떻게 계속 책만 읽니!」 식기 세척기를 설치하는 바람에 할 일을 빼앗기자 거의 수모를 당한 듯했다. 「이제 나보고 뭘 하라고?」 주택 단지에서는 서인도 제도 출신의 사무직원 여자하고만 말을 했다.

6개월 뒤, 어머니는 한 번 더 이브토로 돌아가겠다는 결심을 했다. 시내 근처의 노인들을 위한 단칸 아파트로 이사했다. 다시 한 번 독립적인 삶을 살고, 막내 여동생과 — 다른 여자 형제들은 모두 죽었다 — 옛 고객들, 축제나 영성체 때면 자신을 초대하는 결혼한 질녀들을 다시 만나게 되어 행복해함. 어머니는 시립 도서관에서 책들을 빌렸고, 10월에 교구의 성지 순례단을 따라서 루르드로 갔다. 하지만 또한, 차츰차츰, 특별히 하는 일 없는 삶에서도 해야 하는 일들은 어쩔 수 없이 반복해야 하고 이웃으로 노인들만을 두고 있는 데 대해 짜증을 냄(〈실버 클럽〉 활동에 참가하는 것에 대한 격렬한 거부). 그리고 확실히, 그녀가 50년간 겪었던 마을 사람들, 요컨대 딸과 사위의 성공에 대한 증인으로 삼기를 바랐을 그 유일한 사람들이 자신들의 눈으로 두 사람의 성공을 직접 확인할 일이 결코 없으리라는 데에서 오는 은근한 불만을 느낌.

단칸 아파트는 그녀의 마지막 거처가 될 것이다. 약간 어둑한 실내에 작은 정원을 바라보고 있는 간이 부

억, 침대를 놓도록 움푹 들어가게 만들어 놓은 한쪽
벽, 머리맡 탁자, 욕실, 건물 관리인과의 연락을 위한
인터폰. 그것은 온갖 동작들을 단축시켜 주는 공간이
었고, 더구나 그곳에서 할 일이라고는 앉아 있거나 텔
레비전을 보거나 저녁 식사가 시작되기를 기다리는
것 말고는 아무것도 없었다. 그녀는 내가 보러 갈 때
마다 주위를 둘러보며 되풀이 말했다. 「이런 데 살면
서 불평을 한다면 내가 정말 까다로운 거겠지.」 내 눈
에 그녀는 그곳에 있기에는 아직도 너무 젊어 보였다.

　우리는 서로 마주 보고 앉아서 점심을 들었다. 처음
에는 사내아이들의 학업 성적이나 새로 문을 연 상점,
휴가 등 서로에게 할 말이 너무나 많았지만, 곧 말이
끊겼고, 빠르게 침묵이 찾아들었다. 어머니는 버릇처
럼 〈뭐랄까, 그러니까……〉라며 대화를 이어 가려고
애를 썼다. 한번은 이런 생각이 들었다. 〈내가 태어난
이래로 어머니가 나와 함께 살아 보지 않은 유일한 장
소가 이 아파트구나.〉 내가 떠날 순간이 되면 그녀는
설명이 필요한 행정 서류를 꺼내 들었고, 나를 위해 챙
겨 뒀던 미용이나 청소에 관한 정보를 찾느라고 여기

저기를 뒤져 댔다.

내가 보러 가는 대신 그녀가 우리 집으로 오는 것이
더 좋았다. 더 이상 아무 일도 일어나지 않는 어머니
의 아파트에서 세 시간을 함께 보내는 것보다는, 보름
동안 우리의 삶 속으로 어머니를 끼워 넣는 것이 내게
는 더 쉬울 듯했다. 그녀는 초대받자마자 곧장 달려왔
다. 이미 이전의 주택 단지를 떠나서 신도시 옆에 붙어
있는 오래된 마을에 자리 잡고 난 뒤였다. 어머니는
그 동네를 마음에 들어 했다. 그녀는 종종 붉은색 정
장을 갖춰 입고 여행 가방을 들고 역에 모습을 나타냈
고, 가방을 들어 주겠다면 거절하곤 했다. 그녀는 도
착하자마자 화단의 잡초부터 뽑았다. 여름이면 우리
와 함께 한 달 동안 라 니에브르에 머물렀고, 그곳에
있는 동안 혼자 숲 속 오솔길을 돌아다니다가 돌아올
때면 오디를 잔뜩 따 가지고 왔는데, 두 다리가 여기
저기 긁혀서 상처가 나 있었다. 그녀는 사내아이들과
어울려 낚시하러 가거나 트론Trône 축제에 가거나 늦
은 시각에 잠자리에 들기에 〈나는 너무 늙었단다〉라
고 말하는 법이 결코 없었다.

1979년 12월의 어느 날 밤 6시 반경, 어머니는 15번 국도의 횡단보도를 건너다가 붉은 신호등을 무시하고 달리던 CX에 치여 쓰러졌다. (지방 신문에 실린 기사에는 운전자가 운이 없었고, ⟨최근 내린 비로 인해 시계가 좋지 않았고⟩, ⟨반대편에서 달려오던 차량들이 불러일으킨 눈부심 현상이 운전자가 칠순 노파를 보지 못하게 만든 다른 요인들에 더해질 수 있을 것⟩이라고 나와 있었다.) 다리가 부러졌고, 두부 외상을 입었다. 일주일 동안 의식을 잃은 상태였다. 병원 외과의는 그녀가 워낙 건강한 체질을 타고나서 이겨 낼 거라고 내다봤다. 그녀는 버둥거렸고, 링거 주삿바늘을 잡아 뽑으려고 했고, 깁스한 다리를 들어 올리려고 했다. 이미 20년 전에 죽은 금발 여동생에게 조심하라고, 차 한 대가 너를 향해 달려온다고 소리를 질러 댔다. 나는 생전 처음 보게 된, 고통 속에 내맡겨진 어머니의 육체를, 그리고 벗은 어깨를 바라봤다. 전쟁 통 어느 밤중에 힘들게 나를 낳았던 젊은 여인이 눈앞에

있는 것만 같았다. 나는 어머니가 죽을 수도 있다는
사실을 깨닫고 경악했다.

그녀는 회복되었고, 전처럼 걸어다녔다. 그녀는 CX
운전자를 상대로 벌인 소송에서 이기고 싶었기에, 수
줍음도 잠시 미뤄 두기로 단단히 결심한 듯 온갖 법의
학적 감정에 응했다. 사람들은 그녀에게 그렇게 무사
히 회복된 것에 대해 정말 운이 좋았다고 말했다. 그
녀는 평소에 장애물을 만나면 끝내 이겨 냈듯 자신을
덮친 자동차가 그러한 장애물이었기라도 한 양 자랑
스러워했다.

그녀는 변했다. 점점 더 일찍 식탁을 차리는 바람에
아침은 11시에, 저녁은 6시 반에 들었다. 그녀는 싸구
려 주간지 『프랑스 디망슈』와 이전에 고객이었던 젊
은 여인이 가져다주는 영상 소설(내가 그녀를 보러 오

면 찬장에 숨기는)만을 읽었다. 아침부터 텔레비전을 켰고 — 그 시간에는 방영하는 프로그램도 없었고 그 저 음악을 틀어 주며 영상 조절을 할 뿐이었다 — 보는 둥 마는 둥 하면서도 하루 종일 켜놓았고, 저녁이면 그 앞에서 잠이 들었다. 쉽게 화를 냈고, 다림질이 쉽지 않은 블라우스, 값이 10상팀 오른 빵 등, 소소한 불편 거리들에 대해서 끊임없이 〈정말이지 신물이 나〉라고 말했다. 연금 공단의 공문 한 장에도, 고객님이 이것 혹은 저것에 당첨되었다고 알려 오는 광고지 한 장에도, 〈아니, 난 아무것도 신청하지 않았는데!〉라며 펄쩍 뛰듯 놀라는 경향이 나타남. 아이들을 데리고 구 시가지를 산책하던 일, 호수 위의 백조들, 안느시가 떠오를 때면 어머니는 울먹거렸다. 점점 뜸해지고 짧아지는 편지에는 빠진 어휘들이 보였다. 아파트에서는 냄새가 났다.

그녀에게 이런저런 일들이 자꾸 일어났다. 기차역에서 이미 떠난 기차를 기다린다. 장을 보려는 순간 상점들이 전부 문을 닫았다는 것을 발견한다. 열쇠가 끊임없이 사라진다. 통신 판매 회사인 라 르두트에서 주문을 내지도 않았는데 물건들을 보내온다. 그녀는 이브토의 가족들에게 사납게 굴었고, 그들이 자신의 돈에 호기심을 보인다며 그들 전부를 싸잡아 비난하고 더 이상 그들과 왕래하려 하지 않았다. 어느 날 나와의 전화 통화에서 들려준 말. 「이 거지 같은 곳에서 더러운 꼴 보기도 지겹다, 지겨워.」 어머니는 형언할 수 없는 위협에 맞서느라 뻣뻣하게 굳어 버린 듯했다.

1983년 7월은 노르망디에서조차도 불타듯 뜨거웠다. 그녀는 약들을 먹고 있으니 그걸로 양분 섭취가 충분하다며, 물도 마시지 않고 배고파하지도 않았다. 그러다가 뜨거운 태양 아래에서 기절하는 바람에 사람들이 어머니를 노인 요양원의 의료 센터로 싣고 갔다. 며칠 뒤, 양분과 수분을 공급받고 상태가 좋아지자 그녀는 집에 돌아가길 원했다. 「그러지 못하면 창문으로 뛰어내리겠어.」 의사의 소견으로는, 앞으로 그녀를 혼자 둬서는 안 되었다. 의사는 노인 요양원을 권했다. 나는 그 해결책을 거부했다.

9월 초, 전적으로 집에서 데리고 있을 생각으로 그

녀를 찾으러 요양원으로 갔다. 나는 남편과 헤어져서 두 아들과 살고 있었다. 가는 동안 내내 생각했다. 〈이 제는 내가 어머니를 돌봐야겠다.〉 (예전에, 〈내가 크면 엄마와 함께 여행을 다니고 루브르 박물관에도 같이 갈 거야〉나 그 비슷한 말들을 했듯이.) 날이 몹시 화 창했다. 어머니는 가방을 무릎 위에 올려놓고, 운전석 옆자리에 차분히 앉아 있었다. 우리는 평소와 다름없 이 아이들과 그들의 학업, 내 일에 대해 이야기를 나눴 다. 어머니는 한 방에 있던 친구들에 관한 이야기를 유쾌하게 늘어놨다. 그저 한 명에 대한 언급이 이상했 다. 「더러운 년. 내가 그년 따귀를 두어 대 쳤어야 했 는데.」 이게 내가 그녀에 대해 간직하고 있는 마지막 행복한 이미지이다.

그녀의 이야기는, 세상에 그녀의 자리가 있었던 시 기의 이야기는 여기에서 멈춘다. 그녀는 정신이 나갔 다. 그것은 알츠하이머병이라고 불린다. 의사들은 일 종의 노망에 그런 이름을 붙여 주었다. 며칠 전부터

91

글 쓰는 것이 점점 더 어려워지고 있다. 이 순간에 결코 도달하지 않기를 바라서이리라. 하지만, 나이 들어 노망난 여자와 젊어서 힘차고 빛이 났던 여자를 글쓰기를 통해 합쳐 놓지 않고서는 내가 살아갈 수 없으리라는 것을 알고 있다.

　　그녀는 집 안의 방과 방 사이에서 헤맸고, 종종 화를 내면서 자기 방으로 어떻게 가야 하는지 내게 물었다. 어머니는 자신의 물건들을 여기저기 흘렸고(그럴 때면 입에 올리던 말. 〈영 찾을 수가 없구나〉), 생각지도 못한 장소에서 그것들을 찾아내고 혼란스러워하며, 자기 스스로 그곳에 가져다 놓았다는 것을 받아들이려 하지 않았다. 어머니는 바느질거리, 다림질거리, 다듬을 채소를 달라고 요구했지만 일을 시작하자마자 곧 짜증을 냈다. 끊임없이 안달복달하면서 살아가기 시작했다. 텔레비전을 보겠다, 점심을 들겠다, 정원에 나가겠다, 하나의 욕구에 곧바로 다른 욕구가 뒤따랐고, 그 어느 욕구도 만족을 안겨 주지 못했다.

오후면, 예전처럼 주소들을 적어 놓은 수첩과 편지지를 들고 거실의 테이블 앞에 자리를 잡았다. 한 시간 후, 시작만 했지 계속 써나갈 수 없었던 편지들을 찢어 버렸다. 11월에 썼던 그런 편지들 가운데 하나에 적혀 있던 말. 〈사랑하는 폴레트, 나는 나의 밤으로부터 빠져나오지 못했어.〉

그러더니 어머니는 사물들의 순서와 기능을 잊어버렸다. 테이블 위에 잔과 접시들을 어떻게 배열해야 하는지, 어떻게 방의 불을 꺼야 하는지를 더 이상 알지 못함(의자를 놓고 올라가서 전구를 돌려 빼려고 했다).

낡아빠진 치마들을 걸치고 기운 스타킹을 신었으며 그것들을 벗어 놓으라고 해도 요지부동이었다. 「그래, 넌 이제 부자다 이거지. 죄다 내다 버리는구나.」 그녀는 분노와 의심 말고는 다른 감정들을 느끼지 못했다. 그 어떤 말을 들어도 그 안에 자신에 대한 위협이 들어 있다고 느꼈다. 다급하게 해치워야 할 일들이 어머니를 괴롭혔다. 머리 손질에 필요한 헤어스프레이 사기, 의사의 다음번 방문 날짜, 통장의 예금 잔고 알아보기. 하지만 가끔씩은 자신이 병에 걸린 게 아니라

는 것을 보여 주려고 발작적으로 쾌활한 척함. 어울리
지 않는 대목에서 가볍게 웃음.

그녀는 이제 자신이 읽고 있는 것의 내용을 이해하
지 못하게 되었다. 끊임없이 뭔가를 찾아서 이 방에서
저 방으로 돌아다녔다. 장롱에 든 것들을 전부 꺼내어
원피스들, 소소한 기념품들을 침대 위에 늘어놓고는,
그것들을 처음과는 다른 선반들 위에 다시 올려놓았
고, 그다음 날이면 마치 가장 이상적인 정리 방법을
아직 찾아내지 못했다는 듯 똑같은 일을 되풀이했다.
1월의 어느 토요일 오후, 그녀는 갖고 있는 옷의 절반
가량을 비닐봉지들 속에 쑤셔 넣고는 실로 입구를 꿰
매어 버렸다. 정리를 하고 있지 않을 때면 팔짱을 끼
고 정면을 응시하며 거실 의자에 앉아 있었다. 그 어
떤 것도 더 이상 그녀를 행복하게 해줄 수 없었다.

어머니는 이름들을 잃어버렸다. 어머니는 사교적이
고 예의바른 어투로 나를 〈부인〉이라고 불렀다. 손자
들의 얼굴도 그녀에게 더 이상 아무것도 말해 주지 않
았다. 식탁에서 손자들에게 이곳에서 급료를 제대로
쳐주는지 물었고, 자신이 있는 곳이 농장이고 손자들

은 그곳 일꾼들이라고 생각했다. 하지만 〈자기 자신의 모습을 분별〉했기에, 오줌을 흘려 속옷을 더럽힌 것이 부끄러워 베개 밑에 속옷을 감춤. 아침에 침대에 누워 자그마한 목소리로 하던 말. 「나도 모르게 흘러나왔어.」 그녀는 세상에 매달려 있으려고 애를 썼고, 기어이 바느질을 하려고 했다. 스카프와 손수건을 있는 대로 가져다가 차곡차곡 겹쳐 놓고 꿰맸는데, 바늘땀이 삐뚤빼뚤했다. 어머니는 몇 가지 사물들에 집착을 보였다. 늘 들고 다니던 화장품 가방. 그 가방을 다시 찾게 될 때까지 어쩔 줄을 몰라 하며 거의 눈물을 터트릴 지경이었음.

그 기간 동안 나는 충돌 사고를 두 번 일으켰는데, 매번 내 실수였다. 위통에 시달렸고 음식을 삼키기 힘들었다. 별것 아닌 일에도 소리를 질렀고 울고 싶었다. 가끔씩은 정반대로 아들들과 함께 미친 듯 웃어 댔고, 우리는 어머니의 망각 증세들이 마치 그녀가 일부러 저지르는 개그인 양 굴었다. 나는 어머니를 모르는 사람들에게 어머니에 대한 얘기를 했다. 그들은 나를 아무 말 없이 바라봤고, 나 역시 미쳐 가는 느낌이

들었다. 어느 날, 몇 시간이고 시골길 여기저기로 무턱대고 차를 몰고 다니다가 밤에야 돌아왔다. 나는 내게 역겨움을 불러일으키는 남자와 관계를 맺었다.

나는 어머니가 다시 어린 계집아이가 되기를 바라지 않았고, 그녀에게는 그럴 〈권리〉가 없었다.

그녀는 자신에게만 보이는 사람들과 이야기를 나누기 시작했다. 그 일이 처음 발생했을 때는 내가 학생들의 과제물을 고쳐 주고 있을 때였다. 나는 귀를 막아 버렸다. 나는 생각했다. 〈다 끝났어.〉 그러고 나서 종이 위에 썼다. 〈엄마가 혼잣말을 한다.〉 (내가 지금 쓰고 있는 글귀가 바로 그것이다. 하지만 그 말들은 더 이상 그때처럼 나를 위한, 그것을 견뎌 내기 위한 말들이 아니라, 그것을 이해시키기 위한 말들이다.)

그녀는 아침이 되어도 더 이상 자리에서 일어나고 싶어 하지 않았다. 유제품들과 단 사탕이나 과자만을 먹었고 나머지는 토해 버렸다. 2월 말, 의사가 퐁투아즈 병원에 입원시키라는 결정을 내렸고, 병원에서는 소화기병학과에서 받아 주기로 했다. 며칠 동안 그녀의 상태가 좋아졌다. 그녀는 병원에서 빠져나가려고 했고, 간호사들이 그녀를 휠체어에 묶어 두었다. 난생처음, 나는 그녀의 의치를 씻어 봤고, 손톱을 청소해 줬고, 얼굴에 크림을 발라 줬다.

2주 후, 그녀는 노인병 전문 센터로 옮겨졌다. 병원 뒤, 숲 한가운데에 서 있는 3층짜리 건물로, 현대적이고 아담했다. 노인들은 대부분 여자들로 다음과 같이 나뉘었다. 1층에는 일시적으로 머무르는 사람들, 2층과 3층에는 사망할 때까지 머무를 권리가 있는 사람들. 거동이 불편한 사람들과 지적 장애가 있는 사람들이 주로 3층에 배정된다. 둘 혹은 혼자서 사용하는 병실들은 환하고 정갈하며, 꽃무늬 벽지가 발려 있고, 벽에 판화들과 괘종시계가 걸려 있으며, 인조 가죽 안락의자들이 놓여 있고, 화장실이 있었다. 고정 자리가 나오기까지 대기자 명단이 무척 길어지는 때가 있는데, 예를 들자면 겨울 동안 사망자가 많지 않은 경우다. 나의 어머니는 1층으로 갔다.

그녀는 쉴 새 없이 말을 했고, 전날 보았다고 믿는

장면들을 이야기했다. 강도가 등장하고, 아이가 물에 빠진다. 어머니는 내게, 막 장을 보고 돌아오는 길이라고, 상점마다 사람들로 넘쳐 난다고 말했다. 공포와 증오가 되살아나고, 급료를 주지 않는 주인들을 위해 깜둥이처럼 노동하는 것에 대해 분개하고, 남자들이 뒤를 쫓아다닌다. 그녀는 성이 나서 나를 맞았다. 「요즘 정말이지 일전 한 푼 없었다. 치즈 한 조각 살 돈조차 없었단다.」 그녀는 주머니 속에 식사 때 나온 빵 조각들을 넣어 뒀다.

그녀는 그런 식으로나마 그 어떤 것에도 굴복하지 않았다. 내면에서부터 종교가 차츰차츰 자취를 감추었다. 미사에도 묵주 신공에도 전혀 마음이 없었다. 그녀는 치료되기를 바랐고(〈내 병이 뭔지 결국에는 발견하게 될 거다〉), 떠나고 싶어 했다(〈너와 함께 있으면 더 좋아질 거야〉). 그녀는 복도를 끝에서 끝까지 지치도록 걸어다녔다. 포도주를 요구하기도 했다.

4월의 어느 저녁, 아직 6시 반밖에 안 되었는데 그녀는 벌써 슬립 바람으로 시트 위에 누워 잠을 자고 있었다. 무릎을 세우고 잠이 든 통에 성기가 내보임.

방 안이 무척 더웠다. 나는 울기 시작했다. 그녀가 나의 어머니였기 때문에, 내 유년기의 그 여자와 같은 여자였기 때문이었다. 가슴팍이 파란 실핏줄들로 덮여 있었다.

노인병 센터에서 허락했던 8주간의 체류가 끝이 났다. 사설 노인 요양원에서 그녀를 받아 줬다. 하지만, 그곳에서는 〈정신이 혼미한〉 사람들을 수용하지 않기 때문에 임시로 머물기로 했다. 5월 말, 그녀는 퐁투아즈에 있는 노인병 전문 센터로 다시 돌아갔다. 3층에 자리 하나가 났던 것이다.

정신은 혼란스럽지만, 안경을 쓰고, 회색 계열의 정장을 차려 입고, 스타킹과 정장용 구두를 신고, 자동차에서 내려 꼿꼿한 자세로 걸어 현관문을 들어서는 어머니. 그것이 여전한 모습을 보여 주는 마지막 순간이다. 가방 안에는 블라우스, 속옷, 추억이 담긴 소소한 물건들, 사진이 들어 있다.

그녀는 마침내 계절이 없고, 늘 적당히 따뜻하고 은은한 향내가 나는 그 공간으로 마침내 들어갔다. 그곳에서는 1년 내내 시간이 흐르지 않고 그저 먹기, 자기 등의 기능이 규칙적으로 반복될 뿐이다. 그 사이사이 복도를 걸어다님, 한 시간 전부터 식탁에 앉아서 냅킨을 계속 폈다 접었다 하면서 식사를 기다림, 텔레비전 화면에 미국의 시리즈물과 번쩍거리는 광고가 줄지어 지나가는 것을 바라봄. 물론, 철철이 축제도 ― 자원봉사를 하러 온 부인들이 목요일마다 나눠 주는 케이크, 새해에 맛보는 샴페인 한 잔, 5월 1일 노동절을 기념하는 은방울꽃. 여전히, 사랑도. 여자 노인들끼리 손을 잡고, 머리카락을 쓰다듬고, 서로 다툰다. 그리고 간병인들이 수시로 들려주는 철학 한 자락 ―「자, 자, D······ 부인, 사탕 하나 드세요. 그러면 시간이 잘 간답니다.」

몇 주 만에, 몸을 똑바로 지탱하려는 열망이 어머니를 저버렸다. 그녀는 기력이 떨어져서 허리를 반쯤 구부리고 고개를 푹 숙이고 걸었다. 안경을 잃어버렸고,

시선은 흐릿했으며, 아무것도 바르지 않은 맨얼굴은 신경 안정제 때문에 약간 부은 듯했다. 겉모습에서 뭔가 야생의 느낌이 나기 시작했다.

그녀는 개인 소지품들을 하나씩 하나씩 전부 잃어버렸다. 무척 마음에 들어 했던 카디건, 예비로 갖고 있던 안경, 화장품 가방.

그녀에게는 이래도 저래도 상관없었고, 그것이 무엇이든 더 이상 찾으려 애쓰지 않았다. 자기 소유의 물건들을 기억하지 못했고, 더 이상 자기 것으로 갖고 있는 것이 아무것도 없었다. 어느 날, 안느시 시절 이후로 어디를 가든 지니고 다녔던 사부아의 굴뚝 소제부 조각상을 바라보면서 한 말. 「나도 전에 똑같은 게 있었지.」 대부분의 다른 여자들과 마찬가지로 그녀에게도 편의를 위해서, 등 쪽이 터진 가운을 입히고 그 위에 꽃무늬 블라우스를 덧입혔다. 그녀는 이제 그 무엇에 대해서도 수치심을 느끼지 않아서, 오줌 때문에 기저귀를 찼고 손가락으로 게걸스럽게 먹었다.

어머니는 점점 더 주변 존재들을 분간하지 못했다. 말들이 의미가 사라진 채 가닿았지만, 아무 대답이나 내놓았다. 그녀는 늘 소통하고 싶은 욕구는 지니고 있었다. 언어 기능은 손상되지 않은 채로 남아 있었다. 아귀가 맞는 문장들. 발음은 정확하나, 그저 사물로부터 분리되어 상상의 세계에만 복종하는 단어들. 그녀는 자신이 살고 있는 삶이 아닌 삶을 꾸며 냈다. 파리에 가기도 했고, 금붕어 한 마리를 사기도 했고, 누군가 자신을 남편의 무덤으로 데려다 주기도 했다. 하지만 가끔씩 **인식했다.** 「내 상태가 돌이킬 수 없게 될까봐 두렵구나.」 혹은 **기억했다.** 「나는 내 딸이 행복해지라고 뭐든지 했어. 그런데 그렇다고 해서 걔가 더 행복한 건 아니었지.」

그녀는 여름을(병원에서는 다른 여자들에게 그러듯이, 정원으로 데리고 나가서 벤치에 앉혀 놓으려고 어머니에게 밀짚모자를 씌웠다), 겨울을 났다. 새해 첫날에는 어머니 소유의 블라우스와 치마를 내주고, 샴페인을 마시게 해줬다. 복도 벽을 따라 설치되어 있는 난간을 한 손으로 의지하며 걷는 걸음이 점점 더 느려졌다. 어머니는 넘어지기 시작했다. 아래 틀니를 잃어버리더니 나중에는 위 틀니도 잃어버렸다. 입술이 쪼그라들었고, 그 부분을 온통 턱이 차지하게 되었다. 그녀를 다시 만날 때마다 매번 전보다 덜 〈인간다운〉 모습을 보게 될지도 모른다는 고뇌. 그녀와 멀리 떨어져서 그 모습을 떠올릴 때면, 다양한 표정들과 이전의 자태를 지닌 모습으로 떠올렸지 결코 나중 모습으로 떠올리지 않았다.

그다음 해 여름, 그녀는 대퇴골 경부 골절상을 입었다. 병원에서는 수술을 하지 않았다. 인공 보철 삽입 역시 나머지 — 안경, 의치를 다시 만들어 주기 — 와 마찬가지로 더 이상 공들일 필요가 없는 일이었다. 그녀는 다시는 휠체어에서 일어서지 못했고, 병원 직원들은 허리에 시트 천으로 만든 띠를 둘러 휠체어에 묶어 버렸다. 병원에서는 그녀를 다른 여자들과 함께 식당 텔레비전 앞에 데려다 놓았다.

그녀를 알았던 사람들이 내게 편지를 보내왔다.

〈네 어머니가 그런 취급을 당해서는 안 된다.〉 그 사람들은 그녀가 어서 〈벗어나는〉 것이 더 나을 거라고 생각했다. 아마도 언젠가는 사회 전체가 동일한 의견을 갖게 될 것이다. 그들은 그녀를 보러 오지 않았고, 그들에게 그녀는 이미 죽은 사람이었다. 하지만 본인은 살고 싶어 했다. 끊임없이 성한 한쪽 다리에 의지해 일어서려고 애를 썼고, 자신을 붙잡아 맨 띠를 떼어 내버리려고 했다. 자신의 손이 미치는 범위 안에 들어온 모든 것을 향해 손을 뻗었다. 늘 배고픔을 느꼈고, 갖고 있는 에너지는 온통 입에 집중되었다. 키스를 받기 좋아했고, 자신도 그러려고 입술을 내밀었다. 그녀는 어린 계집아이였고, 결코 자라지 않을 터였다.

나는 그녀에게 초콜릿, 과자, 케이크를 가져가서 잘게 잘라 주었다. 처음에는 고급 과자를 절대 사지 않았는데, 너무 크림이 많거나 너무 단단하면 먹지 못했기 때문이었다(과자를 끝까지 해치우기 위해서 손가락, 혀를 총동원해 가며 사투를 벌이는 모습을 바라볼 때의 이루 말할 수 없는 고통). 나는 손을 씻기고, 얼굴에 난 털을 제거하고, 향수를 뿌려 줬다. 하루는 머리카락에 솔질을 해주기 시작했다가 중단했다. 어머니가 말했다. 「난 네가 내 머리를 만져 주면 아주 좋아.」 그 뒤로 늘 머리 솔로 머리카락을 빗겨 줬다. 나는 그녀의 방에서는 그녀와 마주 보고 앉았다. 종종, 그녀는 내 치맛자락을 쥐고 고급 천인지 아닌지를 알아보려는 듯 만지작거렸다. 그녀는 턱에 힘을 주고 과자 포장지를 힘차게 찢어발겼다. 돈과 고객 이야기를 했고, 머리를 뒤로 젖히면서 웃어 댔다. 그것은 그녀가 항상 보여 줬던 몸짓들이었고, 그녀의 인생 전체로부터 흘러나오는 말들이었다. 나는 그녀가 죽기를 바라지 않았다.

나는 그녀를 먹이고, 만지고, 그녀의 이야기를 듣고 싶었다.

여러 번, 요양원에서 데리고 나가 그녀만을 돌보고 싶다는 급작스러운 욕망, 그리고 곧 그럴 능력이 내게 없다는 깨달음. (사람들이 말하듯, 〈나로서는 달리 어쩔 수가 없었다〉라고는 해도, 어머니를 그곳에 놔뒀다는 죄책감.)

그녀는 또 다른 겨울을 났다. 부활절 다음 일요일에 개나리를 안고 그녀를 보러 갔다. 날이 우중충하고 추웠다. 그녀는 다른 여자들과 함께 식당에 있었다. 텔레비전이 켜져 있었다. 내가 다가가자 그녀는 내게 웃음을 보냈다. 방까지 휠체어를 밀고 갔다. 화병에 개나리를 가지런히 꽂았다. 곁에 앉아 초콜릿을 먹으라고 주었다. 병원 직원들이 무릎 위까지 올라오는 갈색 털양말을 신기고, 삐쩍 마른 허벅지가 내보일 정도로 너무 짧은 가운을 입혀 놨다. 손과 입을 씻겨 줬는데, 피부가 미지근했다. 어느 순간엔가, 그녀가 개나리 가지들을 잡으려고 했다. 얼마 있다가 그녀를 식당에 데려다 줬는데, 텔레비전에서는 자크 마르탱이 사회를 보는 「팬들의 학교」가 나오고 있었다. 나는 그녀에게 키스하고 엘리베이터를 탔다. 그녀는 다음 날 죽음을 맞았다.

그 주 내내, 그녀가 살아 있던 그 일요일이, 갈색 털양말, 개나리, 그녀의 몸짓들, 작별 인사를 건넸을 때

짓던 그 미소가 떠올랐고, 잇달아 그녀가 침대에 누워 숨을 거둔 그 월요일이 떠올랐다. 나는 그 두 날을 이어 보려고 했지만 되지 않았다.

이제는 모든 것이 이어진다.

지금은 2월 말이고, 비가 잦고, 날씨가 제법 온화하다. 오늘 저녁 장을 보고 난 뒤 노인 요양원에 가봤다. 주차장에서 바라본 건물은 보다 환하고, 거의 안락해 보였다. 어머니가 있던 방의 창문에는 불이 켜져 있었다. 〈어머니가 있던 곳에 누군가 다른 사람이 있구나.〉 처음으로 깜짝 놀라며 해본 생각이었다. 21세기의 언젠가, 내가 이곳이든 혹은 다른 곳에서든 냅킨을 폈다 접었다 하면서 저녁 식사를 기다리고 있는 그 여자들 가운데 한 명이 되리라는 생각도 들었다.

이 글을 써내려간 10개월 동안 나는 거의 밤마다 어머니 꿈을 꾸었다. 한번은 내가 강 한가운데에 누워 있었고, 내 양옆으로 물이 흐르고 있었다. 내 배에서부터, 그리고 계집아이의 성기처럼 다시 매끈해진 내 성기에서부터 식물들이 구불구불 자라나 흐느적흐느적 떠다녔다. 그것은 단지 나의 성기만이 아니었고, 내 어머니의 성기이기도 했다.

가끔은, 그녀가 여전히 살아서 집에 함께 있던 때, 병원으로 떠나기 전의 시간 속에 있는 것만 같다. 그녀의 죽음을 분명하게 인식하고 있으면서도, 그녀가 계단을 내려와 바느질 상자를 가지고 거실에 자리 잡는 모습을 보리라고 찰나이나마 기대한다. 가공의 존재로서의 어머니가 실질적 부재로서의 어머니보다 더 강하게 다가오는 그 느낌이 아마도 망각의 첫 번째 형태이리라.

나는 이 책의 처음 몇 장을 다시 읽어 봤다. 우리가 기다리는 동안 전화를 하던 장의사 직원, 슈퍼마켓 벽에 타르로 써 있던 글씨 등, 벌써 꽤 많은 자잘한 사항들을 기억하지 못한다는 것을 깨달으니 어안이 벙벙하다.

몇 주 전, 고모 한 분이 어머니와 아버지가 처음 사귈 때 공장 화장실에서 만남을 가졌다고 얘기해 줬다. 어머니가 세상을 뜬 지금, 그녀가 살아 있을 때 그녀에 대해 내가 알았던 것 말고는 더 알고 싶은 것이 전혀 없다.

그녀의 이미지는 다시, 내가 유년기에 그녀에 대해서 갖고 있었다고 생각하는 그 이미지가 되어 가고 있다. 내 위로 드리워진 커다랗고 희뿌연 그림자.

그녀는 시몬 드 보부아르보다 일주일 앞서 죽었다.

그녀는 받기보다는 아무에게나 주기를 좋아했다.

글쓰기도 남에게 주는 하나의 방식이 아닐까.

　　이것은 전기도, 물론 소설도 아니다. 문학과 사회학, 그리고 역사 사이에 존재하는 그 무엇이리라. 어머니의 열망대로 내가 자리를 옮겨 온 이곳, 말과 관념이 지배하는 이 세계에서 스스로의 외로움과 부자연스러움을 덜 느끼자면, 지배당하는 계층에서 태어났고 그 계층에서 탈출하기를 원했던 나의 어머니가 역사가 되어야 했다.

　　앞으로는 그녀의 목소리를 듣지 못할 것이다. 여자가 된 지금의 나와 아이였던 과거의 나를 이어 줬던 것은 바로 어머니, 그녀의 말, 그녀의 손, 그녀의 몸짓, 그녀만의 웃는 방식, 걷는 방식이다. 나는 내가 태어난 세계와의 마지막 연결 고리를 잃어버렸다.

　　　1986년 4월 20일 일요일~1987년 2월 26일

옮긴이 **정혜용** 서울대학교 불어불문학과와 동 대학원을 졸업하고 파리 3대학 통번역 대학원(E.S.I.T)에서 번역학 박사 학위를 받았다. 현재 번역, 출판 기획 네트워크 〈사이에〉 위원으로 활동하고 있다. 지은 책으로 『번역 논쟁』, 옮긴 책으로 아니 에르노의 『집착』, 노만 빌맹의 『프랑수아의 시계』, 자닌 테송의 『수화가 꽃피는 마을』, 앙드레 고르의 『에콜로지카』, 프랑수아 플라스의 『전쟁터의 딸』, 알키 지의 『연보랏빛 양산이 날아오를 때』, 샤를 페펭의 『7일간의 철학 여행』, 루이 페르고의 『단추 전쟁』, 장 필립 아루 비뇨의 『도시의 레오, 시골의 레오』 등이 있다.

한 여자

발행일	2012년 5월 25일 초판 1쇄
	2022년 10월 5일 초판 9쇄

지은이	아니 에르노
옮긴이	정혜용
발행인	홍예빈 · 홍유진
발행처	주식회사 열린책들

경기도 파주시 문발로 253 파주출판도시
전화 031-955-4000 팩스 031-955-4004
www.openbooks.co.kr

Copyright (C) 주식회사 열린책들, 2012, *Printed in Korea.*
ISBN 978-89-329-1570-8 03860

이 도서의 국립중앙도서관 출판예정도서목록(CIP)은 서지정보유통지원시스템 홈페이지(http://seoji.nl.go.kr)와 국가자료공동목록시스템(http://www.nl.go.kr/kolisnet)에서 이용하실 수 있습니다.(CIP제어번호:CIP2012002246)